雪曼陀羅

藤原としえ

今日の話題社

雪曼陀羅

目次

橜《かんじき》の跡

夏の夜明けは早い。

幸太郎は床ずれの体を痛みをこらえてやっと起こし、寝床の上に正座した。真夏とはいっても北国の小さな町の朝の空気は、八十路を過ぎた身には冷たい。

白髪にしてはふさふさと多い頭を重たげに前に倒し、身じろぎもしない。

老人はかすかな朝の光の中で、まだ眠りからさめやらぬ記憶を辿っている。

その痩せ細った頬には、涙のあとが幾筋も光っている。夢なのか現実なのか朦朧として、目を閉じると遠い記憶が幻影となって、いつしか見えるような気がする。

否、老人の眼裏《まなうら》には見えているのだった。

雪はどんよりとした空から舞い降りてくる。降り積もり、降り積もって、やがて白い雪景色が幸太郎の脳裏いっぱいに広がる。

幸太郎の幼い頃の遠い記憶はなぜか、いつも雪景色の中にある。

今昭和四十六年、人生を闘い終えて、病に倒れ、生涯の終焉を迎えようとしている時、いつしか二人の母の俤《おもかげ》を求めて彷徨《さまよ》う自分の姿を、幻として見ているのだった。

一人は今は亡き育ての母、いま一人は、まだ見ぬ面影さえも知らぬ母である。

目を閉じると眼裏に鮮かに、ある場面が映画の一シーンのように彷彿《ほうふつ》と見えてくる。

このことを思い出す時、幸太郎は終生、深い悲しみと怒りを覚えるのだった。

幻影はいつしか遠い過去へと遡る。


年の頃は四十を少しまわったかと思われる屈強な男が、明治二十三年十二月初めの昼近く、根雪の道を藁沓《わらぐつ》に樏《かんじき》を履き、さくさくと踏みしめながら歩いている。

昨夜来の雪が止み、青空が美しくまぶしい。樏の足跡は、北海道の函館港近くより、函館山の坂下まで続いている。

男は時折り、羽織っている刺子《さしこ》の懐に抱いている赤子をのぞき見ながら、ひたすら歩いている。刺子とは綿布を数枚重ねて細かく縫った防寒着である。

男の名は高岡敬三郎四十一歳、赤子の実の父である。

懐の赤子はこの二十日で満一歳を迎えようとしている。

抱かれているのは幸太郎、自分自身である。もちろん幸太郎には、その時の記憶はない。後年、高岡家の人々と巡り会い、この時の事を聞かされるのだが、いつしかそれが自分自身の記憶のように映像となって、眼裏に浮ぶのだった。いや、見えるような錯覚を起こすのだった。

赤子は訳もなく、くっ、くっ、あー、あー、と声を発し上機嫌である。丸々と肥えた色白の子で、赤ん坊にしては不釣り合いなほど鼻が高い。

敬三郎は赤ん坊の顔を見ているうちに、妻の春を偽って、吾が子を他人にくれようとしている、後ろめたい思いが脳裏をかすめるのだった。しかし敬三郎は、あえてその思いを強く打ち消して、坂下の一軒の家の前で足を止めた。家の主は敬三郎の訪れを予期しているらしく、家の前はきれいに除雪されている。

敬三郎は「こんにちは」と言って中に入る。すると、この家の主人の黒田幸造と妻の繁乃が「敬三郎さん、待っていましたよ」と言って飛ぶように玄関に出てくる。やがてこの夫婦は赤ん坊をもらい受け、実子として役場に届け慈しみ育てるのである。幸造は「さあ敬三郎さん上ってください、寒かったでしょう」とうながす。

囲炉裏には薪があかあかと燃え、自在鍵の鍋が煮えている。

繁乃は赤ん坊を受け取ると、しっかりと抱き抱え、「おおよく肥えたいい子だ、いい子だ。重湯もおしめも用意してあるんです」と言いながら部屋中を歩き廻るのだった。

繁乃は急に真顔になり「高岡さん、本当にこの子をわたしたちにくれるんですね、将来取り戻そうなどとはしないでしょうね」と強い口調で言うのだった。

敬三郎は腰の煙草入れを取り出し、一服してから言い出した。

「幸造さん、繁乃さん、申し訳ないが、なるべく早くこの地を離れてほしいんだ、春が必ずさがし廻るだろうから」

「あんた、どこかへ越しましょう」

「そうだな、取りあえず恵山《えざん》へでも行くか」

恵山とは函館港の東側に位置する半島である。

「一日でも早いほうがいいな」

夫婦は翌日幸太郎を連れて、馬橇《そり》を頼み家財道具を積み、そそくさと恵山に向けて引越したのだった。

一方、高岡敬三郎は、赤子を黒田夫婦に渡してはみたものの、己れの仕出かした罪の重さに心をさいなまれ、妻の春に何と言おうかと歩みも遅くなるのだった。

冬の日暮れは早い。日はとっぷりと暮れて、粉雪も降ってきた。

家々の薄明りを頼りに、我が家に近づくと、春が家の前に立っていた。

敬三郎が一人であることを知ると、

「あんたさん、坊はどうしました」

「うん、子供の無い夫婦が一晩だけ貸してくれというので預けてきた、明日になったら、つれ戻してくるから心配はいらない」敬三郎は心にもない嘘を言うのだった。

「坊は泣いていませんでしたか、明日には早めに迎えに行ってくださいね」

「お腹が空いて泣いているのではないでしょうか、おしめが濡れているのでは」

「その家はどこですか、何という家ですか」

と春は執拗に聞くのだった。

約束

黒田幸造と繁乃は明治十六年、山形県酒田で結婚する。幸造二十三歳、繁乃十八歳の時である。

幸造は文久元年（一八六一）、越中長岡西新町に富山藩の下級武士の次男として生まれ、貧しいが厳格に育てられた。

繁乃は山形県酒田上巧《たくみ》町に池田家の長女として慶応二年（一八六六）七月に生まれる。

酒田は最上川が日本海に流れ出る河口港で、東北最大の港である。大小の船が出入りし、倉庫問屋が林立し、人々の往来も多く殷賑《いんしん》を極めていた。

繁乃の生家は廻船問屋で、北前船を持ち手広く交易をしていた。間口十間のどっしりとした店構えの母家には使用人も多く船頭、水夫《かこ》、漁師、仲買人、商人たちの出入りが多く、豊かであった。

繁乃は長女として我慢いっぱいに育てられた。繁乃は大柄な黒髪のふさふさとした東北の女性特有の面長で色白の美人である。その池田家の使用人として、帳場で働いていたのが黒田幸造である。働き者で、読み書き算盤ができるということで繁乃の父親に認められ結婚の運びとなる。繁乃の父は、幸造に結婚祝いとして、腕利きの漁師二人と漁網一式に漁船購入の資金を与えたのだった。

幸造と繁乃が生まれた頃は、世はまさに勤皇攘夷の風潮たけなわの時代であり、世の中は刻一刻と変動していた。この東北の地酒田にも時代の波がたえまなく押し寄せ、人心は国の将来を案じ動揺していた。繁乃が生まれた翌年の慶応三年十一月十五日には、かの坂本龍馬の暗殺があり、この酒田の町にも翌日にはその報が伝わり、ひと頃はその話でもちきりとなった。

人々は不安の色をかくすことができなかった。そのような中で景気のいい話は、月に何度となく酒田港に入ってくる北前船の水夫たちや、商人の話である。北前船とは北海道の松前、江差と本州を定期的に交易している船である。当時「松前の春は江戸にも無い」と言われたほどに賑わい、「まるで別天地のようだ」と言わしめた。

松前藩のある松前港には、蝦夷地全域から集められた、毛皮、海産物、材木等が海岸近くの砂浜に山のように積まれ、沿岸には倉庫や商家が立ちならび、その中を本州からやってきた何百人という仲買人、商人、役人、漁師、船乗りたちが慌しく行き来し、品物を売買する駆け引きの大声が交錯するのである。また本州から北前船に積んできた衣類、食料品、家財道具、日用品、雑貨類を売りさばく商人や買い手の大声で喧噪を極めるのである。

彼ら商人たちや、船主、水夫に至るまで、懐にはずっしりと大金が入り、これらの男たちに春をひさぐ女たちも集まり、夜な夜な遊興が繰り展げられ、花街は不夜城の様相を呈していた。

安政元年（一八五四）、日米和親条約調印、下田・函館が開港、四月にはアメリカ艦隊が函館入港、日露和親条約によって、下田、函館、長崎も開港、函館は北の玄関国際都市として、幕末には大いに賑わったのだった。

一方、世は不穏な情勢がつづいていた。慶應三年、十五代将軍徳川慶喜は大政を奉還し、戊辰戦争がおこる。これによって日本全土が戦いの巷と化し、特に東北の武士たちは一夜にして賊軍の立場に立たされ苦戦する。特に薩長連合と会津藩の戦いは熾烈を極めた。少年たちによって組織された白虎隊の最期の様子は、今なお人々の涙を誘う。

東北軍は敗北、やがて明治政府は廃藩置県の政策を実施、大量の武士たちが職を失い、特に下級武士はその日の糊口にもこと欠くこととなる。

明治初年、この頃からようやく東北、北陸の人々の間に一攫千金の夢を見て、陸続きと蝦夷地へ渡る者がふえていた。黒田幸造もまた蝦夷地に夢を繋ぎ、繁乃とともに明治二十年、函館に渡る。幸造二十七歳、繁乃二十二歳の時であった。

函館は国際都市として街並も美しいエキゾチックな町で、一年中門前町のような賑わいをみせていた。

幸造夫婦は函館山坂下の一軒家に落ち着き生活を始める。当時の北海道は一年中豊漁で、幸造夫婦の暮らしも安定していた。一緒に酒田から夫婦に付いて来てくれた漁師や若い衆もよく働いてくれた。

繁乃は結婚以来数年になるが、子供に恵まれず、子供好きなので、もらい子してでも子供を育てたいとよく言っていた。

そのような折、明治二十三年十二月始め、幸造は繁乃に頼まれて函館の街へ正月用の買物に出てきたのだった。

幸造はそこで偶然、同郷の高岡敬三郎にめぐり会い、驚くとともに久方振りの二人は、そば屋の二階で故郷の話に花を咲かせた。敬三郎もまた越中富山藩の下級武士であったが幸造より十歳ほど年上である。

敬三郎の話によると、武士が廃業となり、生活が苦しいので、明治二十二年の春、妻の春と一人娘のミツを残し函館に渡り、今は港近くの大きな海産物問屋の帳場で働いているということである。

敬三郎は熱いそばをうまそうに食べながら、「一月ほど前、突然妻の春と、今年十七歳になる娘のミツが函館へやってきたんですよ。春は赤ん坊を連れてきたんです。男の子です。わたしが故郷を出た後、つまり昨年十二月に生まれたと言ってね」と言うと、またそばを食べ続けるのだった。

彼はふと箸を休めると「ところで幸造さん、誰か赤ん坊をもらってくれる人はいないだろうか、もうじき一歳になるんですよ」と言った。

幸造は驚いて「敬三郎さん、それはどういうことなんですか」と聞き返した。

すると敬三郎は、「わたしはどうしても信じられないのですよ、わたしの子だなんて。わたしにちっとも似ていないし、好きになれないのですよ、月日も合わないような気もするし」と考え込んでしまうのだった。

幸造が「それで春さんはそう言っているのですか、承知しているのですか」と聞くと、

「ええ、春も渋々ですが」と言って言葉を濁すのだった。さらに敬三郎は、

「とにかくわたしは、誰の子かはっきりしない子を育てるつもりはないのです」

と言い切るのだった。

話のなりゆきがあまりにも思いがけない方向へ発展してしまったので、幸造自身も、どう言ってよいのか戸惑うばかりだった。二人の間には、しばし沈黙の時が流れた。

幸造は日頃妻の繁乃が子供を欲しがっているのを思い出し「敬三郎さん、わたしたち夫婦にどうか育てさせてほしい」と言った。さらに「育てさせてくださるのなら、どんなにか繁乃がよろこぶことか」

「幸造さんたちが育ててくださるのなら、願ってもないことです」

こうして高岡敬三郎の長男幸太郎を、黒田幸造夫婦がもらい受け、育てる話が成立したのだった。それは明治二十三年十二月初めの粉雪の舞う寒い日のことである。

こうして幸太郎の人生は、彼の知らないところで運命づけられたのだった。

実はこのことは妻の春は全く知らないことだったのである。

子別れ

話は、敬三郎が故郷越中長岡を出た、一年数か月ほど前に遡る。

下級武士であった敬三郎の一家も、廃藩置県政策以来、大家族を抱え、生活苦に追われていた。長男の妻である春は愚痴も言わず、両親弟妹の面倒をよくみたのだった。

そんな明治二十二年春のある日、敬三郎は、突然妻の春に「このままでは生活が苦しく、年頃になったミツに着物の一枚も買ってやれない、わたしは蝦夷地へ行って一旗揚げてこようと思う。必ず迎えに来るから両親と家族を頼む、なるべく早く送金もする」と言うのだった。

春は驚き、「あんたさん、どうしても蝦夷地へ行くのですか、後の生活はどうするのですか」と不安な面持ちで、矢継ぎ早に聞くのだった。

敬三郎は「函館は人手が足りなく、仕事がたくさんあって、日銭が稼げるそうだから、向こうへ着いたらすぐ金をこしらえて送るから行かせてくれ」と言うのだった。

春は敬三郎の不在の家で大家族の生活を支えなければならないことを考えると、気が重く暗澹としたが、しかし春は気を取りなおして、敬三郎のために旅支度をするのだった。

敬三郎は明治二十二年四月の末、函館に着いた。ちょうど函館は鰊漁の真最中で、猫の手も借りたいほどの忙しさで、大変な活気に満ち満ちていた。

敬三郎は、一軒の大きな海産物問屋の敷居を跨いだ。

「帳場に雇っていただきたいのですが」と言うと、敬三郎の風体を頭から足先まで見下ろしていたこの店の主人が、「ところで算盤は達者ですか」と聞いた。

「はい一通りは」

すると主人は「よし決まりだ、今からすぐ働いてください」と言い、こうして敬三郎は仕事についたのだった。敬三郎は刺子の道中着を脱ぎ、番頭から渡された印半纏《しるしばんてん》を羽織って番頭の後に従った。

店に持ち込まれる海産物は、昆布、干いか、干魚、干貝等、多種にわたっていた。仲買人や漁師が少しでも高く売ろうとする品物を、番頭が少しでも安く値をつけて買おうとする互いの駆け引きには、敬三郎はただ感心するばかりだった。仕切り帳を持って、矢立てを腰に番頭の後について、品種、目方、金額等を言われるままに記入し、夜にはその日の清算をする。しかし敬三郎は仕事についたものの、まだ見習いということで給金はほんの小遣い程度だった。そのため、妻のもとへ送金することはなかなかできなかった。

一方、春は敬三郎が明治二十二年四月の初めに旅立ってしばらくして、妊娠していることに気がつく。娘のミツを産んでから何年もその兆候がなく、もう子供はできないものとあきらめかけていたのだった。

春はいくら待っても仕送りがないので、和服の仕立てをし、また近所隣りの手伝いや、使い走りをして、わずかばかりの賃金を得て一家の生活を支えたのだった。数え年十六歳になった娘のミツは、町の呉服商で小間使いとして働き、給金を一年分前借りして生計の足しにした。

やがて春は、十月十日《とつきとおか》の月満ちて、明治二十二年十二月二十日、玉のような男の子を出産する。相変わらず敬三郎からは何の音信も無い。春は出生届けと共に幸太郎と命名する。

出産後は働くことができず、暮れから正月は貧しく餅さえ用意することができなかった。翌年の明治二十三年の春、同じ越中長岡町の若者で、最近北前船で函館へ行ってきたという男が「高岡敬三郎さんを見かけた、若い女と暮らしているらしい」と話しているという噂を耳にする。

春は函館へ行きたいと思った。しかし船賃の工面はできず、函館行きは諦めざるを得なかった。春は悶々としながらも毎日の生活に追われつつ、明治二十三年の春も終り、夏も過ぎ秋も深まる十月を迎えていた。

幸太郎は生後十か月となり、もう伝わり歩きを始めている。丸々と元気に育っている幸太郎だけが春の心の支えだった。春やミツがあやすと、大きな口を開けてころころとよく笑い、可愛い盛りであった。


秋も深まった十月の末のある日、春は函館へ渡ることを決意する。身のまわりの品と一張羅の着物を売り、船賃として用意をしたが、そんな少ない額では足りるはずもないのはわかっていたが、何とかまけてもらって船の片隅にでも乗せてもらいたいと思うのだった。

春は幸太郎を背負い、数え年十七歳になった娘のミツと三人、まず北前船に乗るため、山形県の酒田に向けて旅立った。

母娘は道中着に身を包み、身のまわりの物は大部分が幸太郎の着替えと、おしめ、それと二人のわずかばかりの着替えを信玄袋に入れた。春たち親子三人は酒田に着くと、その足で北前船の船頭の家を訪ねた。

当時北前船の船頭といえば大変な羽振りで、泣く子も黙るとまで言われていた。年の頃は五十がらみの船頭は囲炉裏の側に大あぐらをかいて、太い煙管《きせる》で煙草を吸いながら、「おかみさん、用とは何かね」と言った。

春は有り金を全部船頭の前に出して、恐る恐る「これだけでは、とうてい足りないと思いますが、どうか親子三人函館まで乗せていただきたいのです。船の隅でも結構でございます。どうかお願いでございます」とすがる思いで頼むのだった。

船頭は「おかみさん、船賃の無い人を乗せるわけにはいかないよ」とすげなく言い放つ。

「お願いです、わたしたち親子は一年半振りに夫の消息が分かり、訪ねて行くところなんです」

「するっていと、おかみさん、あんたの亭主は一年半も音沙汰無しだったのかい」

「はい」と春は消え入るように答えた。

「ひでい男だね」

春は黙って深々と頭を下げながら、思わず涙が頬を伝わった。

それまで春の背中で、すやすやと眠っていた幸太郎がむずかり始めた。お腹が空いたのと、おしめが濡れたらしい。すると船頭が「おかみさん、赤ん坊の面倒をみてやんなよ」と言った。

春は土間の片隅でおしめを替え、船頭に背を向けて授乳をしていた。

その様子をじっと見ていた船頭は、「よし乗せてやろう、だがおかみさん、娘さんが船賃だよ、函館に着くまででいい」と言った。春が驚いて「それだけは勘弁してください」と言うと、船頭は「それが駄目ならこの話は無しだ」とそっけなく言った。

ミツは「おっ母さん、わたしは船頭さんの言うとおりでいいよ」と言うのだった。長岡で母の春が夜も昼も懸命に働いて貧しいながらも必死で家族を支え、苦労していたことを思うと、ミツは自分が犠牲になって母の役に立とうと考えたのだった。

春は「お前にそんな思いをさせるわけにはいかないよ、ミツ、諦めて長岡へ帰ろう」

するとミツは「船頭さん、おっ母さんはああ言ってますが、わたしならいいんです、どうか函館まで乗せてください」と床に手をついて頼む娘の紅い手柄の桃割れ髪が痛々しく、春は胸が熱くなり、溢れる涙とともに、娘ミツにただ無言で深々と頭を下げたのだった。

ミツは年のわりには大柄で色白のやさしい娘で、これまでも母を何かと支えてきたのだった。

母と娘は万感の思いを込めて、目と目で語り、春は娘にそっと手を合わせるのだった。

ミツは船頭の自室で起居をともにし、十七の春を散らしたのであった。

船は港港で正月用の積荷をし、十日ほどもかけて、やっと十一月の初め、雪の降り始めた函館港に到着する。

春は長岡で噂に聞いていた海産物問屋を訪ね、番頭に敬三郎の家を教えられ、一年と数か月ぶりに、夫の住む家の戸口に立ったのだった。

突然妻と娘があらわれたので、敬三郎は心の動揺を隠すのに必死だった。

敬三郎はこの一年数か月の間一度も送金をせず、手紙を書くこともなかった。やがて女ができ、もう一年以上も前からこの家で同棲をしているのだった。

敬三郎の後ろから、派手な着物を着た女が顔をのぞかせて「敬さん、この人たちは誰なんです」と言った。

「お前は奥へ行っていなさい」

「わたしがここにいてはどうしていけないんです」と女は荒々しく言った。

敬三郎は女の腕をとって奥へと入って行ったがまもなく二人の言い争う声がした。しばらくすると女は、不機嫌な様子をあらわにしながら、すっぽりと襟巻きを頭から被って藁沓を履き雪の中へ出て行った。敬三郎はこの奔放な流れ者の女の魅力にすっかり惑わされ、故郷の家族のことをあえて思い出そうとはしなかったのだった。

春は船乗りたちの噂から、夫が女と暮らしていることは知っていたので別に驚かなかった。敬三郎はムッすりと不機嫌に囲炉裏の側に座って煙草を続けざまにふかし、いらいらしながら煙管の灰をたたき落している。周りには冷たい空気のみが流れていた。

春は背中の子供をおろし、黙々と面倒を見ている。しかしその頬には涙が流れていた。

娘のミツはその場をとりなすように、「お父っつあんしばらくでした」と言った。

敬三郎は「ああ」と答えただけだった。

またしばらく気まずい空気が流れた。

やがて敬三郎は、春の抱いている赤ん坊に目をやると「その子はどうしたのだ」と言った。

「この子はあんたさんの子です、あんたさんが故郷を出た後で分かり、昨年の十二月二十日に生まれたのです。幸太郎と名づけました」と春は一気に言った。

敬三郎は「いや、信じられない、わたしの子とは思えない」と言うばかりだった。

翌日、敬三郎は朝早く家を出て、終日帰らなかった。後で知ったのだが女の身の振り方を決めてやったようである。

敬三郎は、自分の今までのひどい仕打ちの照れ隠しと、女との生活を壊されたこともあって不機嫌で春たちにつらくあたった。幸太郎が泣くと「うるさい、あっちへ連れて行け」と怒鳴るのだった。やっとよちよち歩きする幸太郎がいたずらをすると「こらっ」と大声で叱り、幸太郎がその声に驚いて火のついたように泣くと、「うるさい、誰の子かわからない子なんか連れてくるなんて」と言うのだった。

春は「あんたさんの子に決まってます、お願いですから坊にやさしくしてください」と哀願するのだった。

「誰の子かわからない子にやさしくできるか」

「間違いなくあんたさんの子です、信じてください」と言って涙を流すのだった。

敬三郎は「この子は育てるわけにはいかない。誰かにくれてやる」

「あんたさん後生だから、それだけはこらえてください」と必死に頼むのだった。

娘のミツも心配そうに夫婦の会話を聞いていたが「お父っつあん、坊をよそにくれるなんてことをしないでください、わたしも働きますから、この家にやってください」と言ったが、敬三郎は返事もしなかった。

敬三郎が十二月の初め、街で同郷の黒田幸造に偶然出会ったのはこの頃であった。そして二人はそば屋の二階で、幸太郎の運命を変える約束をしたのだった。


気まずい空気の中ではあったが、敬三郎と家族の生活は、何となく、こともなく幾日か静かに過ぎ、十二月のある日、昨夜来の雪がすっかりやんで晴天となり、新雪がキラキラと輝いていた。春はこの数日、敬三郎が、幸太郎を怒鳴ることもなく穏やかにしているのを見て、安心し、娘の髪を結ってやっていた。

外出先から戻ってきた敬三郎が、春に、「坊にいい着物を着せなさい」と言った。

春はいぶかしげに「坊をどこへ連れて行くのですか」

敬三郎は「坊がとても可愛い子だと、ある人に話したら、一度でいいから見せてほしいと言うのだ」

春は心配そうに「くれてしまうのではないでしょうね」とすがるように聞く。

敬三郎は「すぐ連れて帰るから心配はいらない」と言うと、紺の刺子を羽織り、藁沓《わらぐつ》に樏を履くと幸太郎を懐に抱き家を出た。

「あんたさん、なるべく早く坊をつれて戻ってくださいよ、なるべく早くお願いします」

と何度も繰り返す春の声を背に聞きながら、雪道を歩いて行くのだった。

これが母と子の終生の別れとなろうとは、神ならぬ身の知る由も無かったのである。

冬の日暮れは早い、薄暗くなってゆく部屋の中で、春は、さっきから胸騒ぎがしていた。

「ミツ、ランプをともしておくれ」

ミツがランプに灯を入れながら「おっ母さん、坊はどうしているでしょう」と心配する。

あたりがぽーっと明るくなり、自在鍵の鍋もよく煮えている。それでも、夫もわが子も帰って来ない。この時すでにわが子が他人の手に渡ってしまっていたのだった。

春は、そわそわと落ち着かない。日暮れとともに雪が降り始めている戸口の外へ、何度も出て見ている。

その時敬三郎が帰ってきた。だが夫の腕には赤ん坊はいない。

「あんたさん、坊はどうしたのです」

「今夜だけ貸してくれと言うんだ」

「坊は泣いていませんか、お腹が空いている頃です」

「あんたさん、その家はどこですか、わたしが連れ戻しに行ってきます」

春は半狂乱であった。

だが敬三郎は落ち着きはらって「心配いらない、大丈夫だよ」と答えるのみである。

「でも心配ですから坊を迎えに行かせてください」

「やめろ、明日になったら連れてくる」

「本当ですね、明日必ず連れ戻してくれますね、必ずですよ」

外はいつしか深々と雪が降り積もっていた。

春は乳房が張って苦しく、まんじりともせず朝を迎えた。

雪はやみ穏やかな日であった。

春は「あんたさん、坊を連れてきてください。お願いします」とせき立てるのだった。

「店の仕事を終えてから、迎えに行くから帰りは遅くなる」と言って家を出た敬三郎は
その夜は帰らなかった。春は食事もせずに泣き明かした。

しかし夫は次の日も、次の日も帰らなかった。やっと四日目の夜戻ってきた敬三郎の腕
にはわが子の姿はなかった。

春はその時になって、幸太郎がくれられたことに気付く。春は狂ったように泣きながら、

「あんたは、ひどい人だ、鬼のような人だ、わが子を、それも長男をくれるなんて」

「うるさい、わたしのすることが気に入らないなら出て行け」と敬三郎は横暴な言葉をはき、開き直るのだった。

ミツも「お父っつあん、それじゃあ、あんまりです、おっかさんが可哀そうです、坊も哀れです」と言って泣いた。

敬三郎は「もう言うな」と言って酒を飲み始めた。

その夜は母と娘のすすり泣く声が、いつまでもいつまでも灯をともさない部屋に流れていた。


翌日から春は、敬三郎が店へ出かけた後、毎日藁沓をはいて幸太郎を探し歩いた。しかし杳《よう》として消息を知ることができなかった。というのも、黒田幸造、繁乃夫婦は、幸太郎をもらい受けた翌日には、人目にふれることもなく早々に、函館港の東側の半島にある恵山へと旅立って行ったため、消息をつかむことがむずかしかったのだった。しかし春はその後も探すことを諦めなかった。

通い帳

恵山村は一年中豊漁で賑わっていた。温泉も早くから発見されて、湯治客なども多く訪れ活気を呈していた。

黒田幸造は、幸太郎を一年遅れの明治二十三年十二月二十日生まれとし、夫婦の実子として恵山の村役場に届けたのだった。

繁乃は幸太郎を育てるのに苦労した。満一歳になっていたので軟らかいものは食べるが、まだ乳離れをしておらず、特に夜寝る時には乳房を欲しがるので、繁乃は乳の出ない乳房を与えるのだが、一滴も出ないので、幸太郎が泣き続ける夜もしばしばだった。そんな時はさすが気丈な繁乃も石女《うまずめ》の身を悲しく思うのだった。

幸太郎はいつしか泣き疲れて眠る。そんなわが子の寝顔を見て繁乃は母としての幸福を感じていた。

そのような幸太郎に、昼間だけでもお乳を飲ませてやりたいと思い、繁乃は遠くまでもらい乳をして歩く毎日だった。

繁乃は東北人の習慣で、夜寝る時は素っ裸で、素肌にぴったりと幸太郎を抱いて寝た。幸太郎は成人してからも、時々幼い頃の母の肌のぬくもりを思い出すのだった。


幸太郎が満二歳と数か月、明治二十五年の春の頃であったろうか。幸太郎には、その時の光景がはっきりと思い出される。

海辺の石垣の上に座らされて、夕方の海を見つめていた。一人の男が、割り竹の間に小石を挟み、飛んでいる海鳥めがけて勢いよく振ると、小石が割り竹より飛び出して海鳥にあたり、海鳥は悲鳴をあげて海に落ちるのである。男は楽しそうに続けていたが、そのうち何度目かの時、後に振った竹の石がはずれて幸太郎の額に当たった。

幸太郎は火のついたように泣いた。

その声を聞いて幸造と繁乃が飛んできた。幸造は烈火の如く怒って、天秤棒を振り上げて男を追った。幸太郎には、この時の記憶が一番古いもののように思われる。

繁乃は幸太郎に、いつもこざっぱりとした着物を着せ、汚れると洗って着せることをせず新しい着物を買って着せ、お古はみな近所の子供に与えた。

幸太郎は色白で、髪の毛が少し茶がかった栗色で軽くウェーブし、茶色の目がくりくりとした可愛い子だった。夫婦は「坊、坊、」と呼んでこよなく愛した。

幸太郎が四歳になった頃、腰にはいつも通い帳が下がっていた。通りへ出て人力車を見ると小さな手を挙げて止めるのだった。人力車の車夫は、毎度のことなので、「坊今日はどこを走ろうか」と言って乗せてくれるのだった。

このことは近辺の町や村では有名話だった。幸太郎は人力車で町を走るのが、何より大好きだった。赤いケットー（ロシア製の毛布でつくったオーバー）を膝にかけ、人力車には不釣り合いな幼児が、澄ましてちょこんと座り町を走る様子が何とも愛らしく、人々は立ち止まって見るのだった。

幸太郎は知らない町を通ると新しい発見があり、幼いながらもわくわくした。

「おじちゃん、あれは何」「あれはどうしてああなってるの」と車夫を質問攻めにした。

そしていつものように、行きつけの菓子屋で途中下車して、欲しい菓子を買って、腰の通い帳に金額を記入してもらうのである。車夫は幸太郎を家の前で降ろし、通い帳にその日の料金を記入する。それが幸太郎の日課になっていた。繁乃は一度も小言を言うこともなく、月末には支払って歩いた。

幸太郎は外から帰ると、戸口からまっすぐに裏庭まで通しになっている土間を駆け抜けて、「おっ母ちゃん、とても面白かったよ」と、洗濯をしている母親に目を輝かせて報告をするのだった。

幸造は漁師にしては珍しく、心根のやさしい静かな男で、夕方漁から帰ると、あぐらをかいた膝の中にすっぽりと幸太郎を入れて酒を飲むのが、何よりの楽しみであり、日課であった。

恵山の沖合いは魚が豊富で、冬は鰤《ぶり》や鱈《たら》が大漁であり、夏にはこの近海は夏烏賊《いか》の漁場でたくさんの漁船がやってくる。烏賊漁は夜中の仕事なので、夕方から出漁し一晩中、明々と篝火《かがりび》をともして漁をする。烏賊はその習性で明りのそばへ寄ってくるのを、鈎針の付いた網や竿でとるのである。餌はいらない。おもしろいようにとれるのだ。真っ暗な海に篝火をともした漁船が遥か海上に並び、火が波間に揺れるさまは、あたかも不知火《しらぬい》のように見えるのだった。

明け方、船が烏賊を満載して港に帰ると、市場で売りさばき、幸造は朝食後、風通しのよい部屋で、ぐっすりと眠る。

繁乃は家の裏庭に縄を張り、今朝とれたばかりの烏賊を干している。浴衣の裾をからげて、かいがいしく働いているそばに、自然に根付いた葵《あおい》の赤い花がいっぱい咲いている。

思えば明治二十年、黒田夫婦が北海道に渡る時一緒についてきてくれた漁師、若い衆が今もなお、二人に協力してくれているのだった。繁乃の父の頼みでついてきてくれたとはいいながら、彼らの協力なしではとうてい漁師などできるはずもなかったわけで、夫婦は常日頃感謝していたのだった。

その日も幸太郎は、腰に通い帳を下げて外へ飛び出していった。幸太郎が一人っ子で寂しいだろうと思い繁乃が、通い帳にお守りをさせることを思いついたのだった。

昼過ぎまでぐっすり眠った幸造は、遅い昼食を済ませると、夕方の出漁まで少し時間があるので外出した。

逃避行

しばらくすると幸造が、あたふたと駆け込んできた。裏庭で用事をしていた繁乃に、

「繁乃、大変なことになった、このあたりを若い男が、幸太郎の母親に頼まれて、探し歩いているらしい。とにかく明日ここを離れよう」

「どこへ行くのです」

「とりあえず明日の朝早く、馬車二台頼んで、身のまわりの物を積み、出発する。函館に着いたら、北前船で北上できるところまで北上しよう、その上でまた考えよう。今夜のうちに荷物をまとめておくように」と言うと再び、そそくさと出かけていった。

幸太郎の人力車の話が、いつしか人々の噂となり、そのことで恵山へ若い男を探しによこしたらしいことが後年わかる。

恵山へ来てから三年、やっと住みなれた地ではあるが、可愛い幸太郎を失うことはでき

ない、どんなことがあっても、この子を手放すことはできないと夫婦は思うのだった。

その夜、幸造の家に若い衆たちが集まってきた。

「親方、どうしても恵山を離れるのですかい」

「ああ、すまねい、黙ってついてきてくれないか、悪いようにはしない。今はその訳を聞かねいでほしいんだ」と言って幸造は頭を下げた。

若い衆は「今はちょうど夏烏賊が大漁だっていうのに、どうしたことなんだ」「親方、何が起きたというんですかい」と不思議そうに互いに顔を見合わせている。

幸造は「恵山を離れる訳だけは勘弁してくれ」と言ってただ頭を下げ続けるのだった。

夫婦は、本当の理由を言うことができないのがもどかしかった。

すると一番年かさの、みんなから「おっちゃん」と呼ばれている男が、「親方わかりやした、あっしあ親方について行きますよ、どこまでも、こうなったら地獄の果てまでもついて行きます、あっはっは」と笑い飛ばし、「お前らも俺と一緒について来な、魚も烏賊も、どこの海へ行っても俺たちを待っているよ」と言ってくれたので、話はまとまった。

幸造はその夜のうちに手持ちの船を、漁師の元締めに安く引き取ってもらい、漁網だけを翌日馬車に積み、幸造一家親子三人と、若い衆四人が、身のまわりの物と共に二台の馬車で、三年前と同じように、あたふたと恵山を離れたのだった。

その後、黒田家と若い衆は函館で北前船に乗り江差まで北上し、そこからまた船に乗り継いでさらに北の、小樽港手前の高島村をめざしたのだった。

その高島村近海は鰊をはじめ、あらゆる魚が豊漁であった。高島村へ行くまでには最も難所といわれた積丹《しやこたん》半島を通らなければならない。このことは有名な北海道民謡の江差追分の歌詞に、

忍路高島《おしよろたかしま》　及びもないが
せめて歌捨磯谷《うたすついそや》まで

と唄われている。つまり、難所の積丹半島を越えて忍路や高島に行くのは無理だから、せめて手前の歌捨か磯谷まででも行きたいものだという意味である。

幸造たちを乗せた船は、海岸沿いに北上し、幸運にも積丹半島を無事越えて、高島村に到着した。高島村は、ひなびた漁村で、漁師の家が二、三十軒点在しているだけだった。そのため魚はとり放題であった。高島村の浜は湾のような入江になっていて、入ってきた魚は、手でとれるほどだと村人が話していた。

それは明治二十六年の夏のことであった。

それからまもなく、黒田家と使用人は高島村から半里（二キロ）ほど南へ離れた厨《くりや》村へ引っ越すことになった。

繁乃が「坊、新しい家がかたづくまでここで待っているのだよ、後で迎えにくるからね」と言って風呂敷包みを背負い海岸沿いの道を歩いて行った。

「おっ母ちゃん、早く迎えに来てね」

「あいよ、すぐ戻って来るからね」

幸太郎は今まで一人になったことがないので心細く、何度も、何度も、「早くきてね」「早くだよ」と母の後姿が見えなくなるまで叫び続けていたのだった。

しかし、母はなかなか戻って来ない。

薄暗くなってゆく、夏の終わりのガランとした空き家に一人残された幸太郎は、母がくれた金平糖の最後の一粒を口に入れると、悲しみがこみ上げてきて泣きじゃくるのだった。

それでも母はまだ来ない。

幸太郎は泣きながら厨の方角に向かって歩き始めた。途中ですっかり日が暮れてしまう。

すると海岸沿いの漁師の家から、三十を少し過ぎたかと思われる女が出てきて、

「おや、めんこい子だこと、今頃どこさ行くの」

幸太郎は泣きじゃくりながら、

「厨さ行くの」

「お父っちゃん、おっ母ちゃんはどうしたの」

「厨さ引っ越したの」

幸太郎は母が永久に迎えに来ないように思われて、悲しくて、悲しくて、いつまでも泣き続けていた。

漁師のおかみさんは、

「かわいそうに、そのうち迎えに来るよ、今夜はうちで泊まりな」

と家に連れて行った。

その漁師の家には、十歳くらいの男の子を頭に男女の子が数人いて賑やかである。

子供たちは悪たれ口をたたきながら、幸太郎の周りを取り囲んで「泣き虫、毛虫、はさんで捨てろ」と囃したてるのだった。

すると下の弟と妹も、口真似をして、「はさんで捨てろ、はさんで捨てろ」の大合唱となった。

母親が台所の方から「こらっお前たちやめろ」と一喝する。そのうち兄弟喧嘩が始まり、その凄まじさに一人っ子で育った幸太郎は唖然としてその様子を見ているのだった。

やがて賑やかな夕食になったが、ここでまた、幸太郎は驚いたのである。あっという間に、ちゃぶ台の上の食べ物が無くなり、幸太郎の目の前の食事も半分に減ってしまったのである。七、八歳の男の子は母親に思いきり打たれて泣き出した。それを見ているうちに幸太郎は、悲しかったことをすっかり忘れていた。その夜はこの家の子供たちと枕をならべて眠った。

翌朝両親は夜明けとともに探しにやってきた。幸太郎は嬉しさと、ほっとしながらも、「おっ母ちゃんの馬鹿、馬鹿」と言うのだった。

昨夜は一足違いで母と子がすれ違ったらしい。繁乃は心配のあまり、何軒かの漁師の家を聞いて歩いたのだった。すると、「たしかに夕方、小さい男の子が泣きながら歩いて行くのを見た」という話や、「漁師の女房が、このあたりでは見かけない男の子と道で話していた」という話も聞くことができたが、何しろ夜は真っ暗で、どの家なのかもわからず、ひとまず厨へ引き上げたのだった。

高島村の厨で年を越した翌年の明治二十七年二月、幸太郎満四歳と二か月のある日、幸造がしんみり言った。

「繁乃、また引っ越さなければならないことになった」

「どうしてですか、何かあったのですか」

「今日小樽の市場で偶然、われわれを探して聞き歩いている男の側を通りかかったのだ、その男はわしの顔を知らないので助かったのだが、四十がらみの男だった」

「あんた、それは危ないです、すぐ引っ越しましょう」

繁乃は落着きを失っていた。

「われわれの人相、年恰好、子供の年齢などを細かく言って幾人もの人に聞きまわっていたんだ」

「それは大変です、すぐわかってしまいます、早くどこかに越さなくては」

繁乃は今すぐにでもその男がやってくるような気がして、

「あんた、早く引っ越しましょう、明日すぐに」

と夫をせきたてるのだった。

思えばこの高島村へ函館の恵山から移住してきたのは昨年、明治二十六年の夏のことであった。夏烏賊が大漁で、ひと夏で大金が入ることもわかっていた。しかし若い衆の反対を押し切って、この高島村へやってきて、あれからまだ半年、今は冬の鱈漁の真っ盛り、毎日大漁が続いている。体長七、八十センチから一メートル近くもある大鱈がとれる。幸造のところで働いている若い衆も、歩合制なので大金が入り上機嫌である。それなのに今また鱈漁を捨てて引っ越すとなると若い衆が反対するのは分かっている。

幸造は意を決するように、「繁乃、今度という今度は、若い衆に坊の本当のことをいって、みんなに了解してもらおうと思うんだ」

その夜は、近くの一軒家に共同生活をしている四人の使用人を家へ呼び、酒を酌み交わし夕食をともにしながら、幸造は幸太郎の話をした。

「幸太郎の実の父に頼まれたのを幸いに、わたしら夫婦の子として育ててきたのだが、実母は了承していなかったということが後で分かったのだが、その時には、わたしらは坊を手放すなどということは考えられなくなっていたのだよ」と言って開け放った隣の部屋で、すやすやと寝入っている幸太郎の顔に見入るのだった。

さらに幸造は「どこへ行っても、坊を探す者が追いかけてきてね、今度もまた、小樽の市場の人ごみの中で、わたしら夫婦のことを聞き歩いている四十がらみの男の側を偶然通りかかったのだ」

するとそれまで幸造の話を黙って聞いていた年かさの、おっちゃんと呼ばれている男が、「わかりやした、親方引っ越せばいいんでやんしょう」と言って、他の若い衆に向かって、「今親方の言ったとおりだから、引っ越すことにする。四の五の言わねいでついて来な」と言った。

繁乃は「すまないねえ、わたしらの勝手に付き合わせて」と言いながら皆に酒を注いだ。

二十歳を少し出たばかりの、まだ幼顔が残っている若い衆が、「おかみさん、めんこい坊のためだったら俺はどこへだって行くよ、それに俺には、親がいないんだ、親方と、おかみさんが親だと思っているから」と言った。

他の二人も「俺もついて行く」と続いた。

おっちゃんがまた言った。「魚はどこの海へ行ったって俺たちを待ってるよ」

そしてみんなで相談の結果、積丹半島の付け根に位置する余市《よいち》へ移住することにした。

翌朝、黒田親子と四人の男衆は、二台の馬橇《うまぞり》に身のまわりのものと魚網等を積み、高島村の厨から、十数キロ南へ下った余市に移住したのだった。

余市は半島の内側で昔から鰊の千石《せんごく》場所といわれている漁場である。

旧下ヨイチ運上家（国指定重要文化財・重要文化財）

江戸時代には松前藩の出先機関である、税金取立ての運上家《うんじょうや》が設置されていたのである。余市に運上家が置かれたのは、天明六年（一七八六）といわれている。ちなみに、現存する運上家は嘉永六年（一八五三）に改築されたものであり、国の指定重要文化財である。

幸造たちは余市の沢町に落ち着いた。

しかしその後数日は大時化《しけ》が続き、冬の海は荒れ狂った。特に日本海の冬の嵐は凄まじい。シベリア下ろしの寒風が雪とともに吹き荒ぶと、波は白馬のたてがみのように、白い泡を空中に飛び散らしながら海岸に唸りをあげて叩きつける。地吹雪は、天地を鳴動させて白一色に覆い隠し、太陽さえも光を失う。

海鳴りが、どどどー、と重い轟《とどろ》きとなって夜通し枕に響く。

そんな夜は、幸太郎は恐ろしいと思いながら、繁乃の素肌にすっぽりと抱かれて眠るのだった。


余市は、このあたりでは最も早くから開けた土地で、豊富な漁場と平野を有している。大きな余市川が日本海に注ぎ、平野を高い余市岳が囲んでいる。地形の関係で、北海道の中では比較的寒さのゆるやかな土地である。

この広大な余市平野には、廃藩置県によって職を失った武士たちが多く、東北、北陸、四国の徳島等からも入植している。

いま余市林檎として、豊富な品種と味を誇る広い農園は、東北の武士たちの汗と涙の結晶である。余市の大地に林檎の苗が植えられ、ようやく結実したのは明治十二年であり、まさに日本で初めてのことである。

平野に青々と実る農作物は、四国の徳島から入植した武士たちが、原野を切り開き開墾したたまものであり、これもまた汗と涙の結晶と言わなければならない。

余市湾の西の端に突き出ているシリパ岬周辺は、北海道内における鰊漁最大の漁獲量を誇った漁場であり、一夜にして千金をつかむと言われたところである。

シリパ岬とローソク岩

ローソク岩

かの有名なソーラン節の発祥地でもある。

ヤーレンソーランソーランソーランソーランソーラン
ソーラン、ハイ、ハイ、
シリバ岬にドント打つ波は
可愛い男の度胸試し、チョイ
ヤサ、エン、エンヤンサノドッコイショ
ハァ、ドッコイショ、ドッコイショ

ヤーレンソーランソーランソーランソーランソーラン
ソーラン、ハイ、ハイ、
今宵一夜は緞子の枕
明日は出船の波枕チョイ
ヤサ、エン、エンヤンサノドッコイショ
ハァ、ドッコイショ、ドッコイショ

鰊漁場

幸造夫婦と若い衆が、何とか余市に落ち着いた明治二十七年二月の半ば、折しも町は三月の鰊漁を迎える準備で大忙しの真最中であった。

網元は網の手入れと、船の手入れ、それに、漁場で働く男「やん衆」たちの向こう三か月の大量の食糧の確保と、資金集めに奔走する。二月に入ると、東北、北陸から出稼ぎの男たちが、柳行李《やなぎごうり》ひとつを担いで余市にやって来る。町の人々は彼らのことを、「今年もまた神様たちがやってきた」と言う。

彼らは鰊漁には欠かせない大切な働き手であり、余市の経済発展の一翼を担っているわけで、彼らに対する感謝の気持ちが、神様と言わせているのであろう。

産卵を迎えた鰊は、海草や昆布の多い海岸に三月初めの海の穏やかな日に一気に押し寄せる。古老の話によると、遥か沖合まで、鰊の鱗によって銀色に変わり、かすかな海鳴りとなって、ひたひたと鰊の大群が湾めがけて押し寄せる。遠くの方から、かすかにひたひたと聞こえていた音が、大群が近づくにしたがって、いつしか、ゴーという海鳴りとなる。

人々は「鰊が群来《くき》る」と言う。

若者の幾人かが「鰊が来たぞー」「鰊だぞー、鰊が群来《くき》るぞー」と町中をふれて回る。

昆布に産み付けられた卵に、オス鰊が白子といわれる精液をかけて受精させるため、海の色が真っ白になるという。

鰊のやってくる日は三月初旬、無風に近いほどの凪《なぎ》の日で、どんよりとした曇り空の日である。このような日を鰊曇りという。鰊が群来る日は、海猫たちが、その名のとおり猫のような鳴き声で、湾の上空を真っ白になるほど群れ飛ぶ。それを見て人々は「ゴメが鳴いて鰊が来たと知らせている」と言う。

幸造は鰊漁に備えて、少し大きめの船を二艘用意する。当時余市には、造船所が何か所もあって、大勢の船大工たちが働いており、大小の漁船が絶えず造られていたため、船購入の資金さえあれば、わりあい容易に船が手に入ったのである。

幸造は余市の漁師の世話役に鰊漁をすることを届け出た。世話役は、「刺網ならいいだろう」と許可をした。

漁の方法には大きく分けて、刺網、建網、大謀網、底引き網等があるが、大謀網と底引き網は、大掛かりな漁の方法で魚を根こそぎ取り過ぎるということで、漁師たちは以前からの申し合わせで行わないようである。

刺網は魚のやってくる途中に、それをさえぎるように網を張るだけの漁法である。鰊は網の目に頭を突っ込み、そのまま船に上げられる。建網の方はもう少し手が込んでいて、鰊のやってきそうな海中に網で廊下をつくり、鰊を誘導して、網でつくった大きな部屋に入れてしまうという方法である。この方法は刺網にくらべて何倍も漁をすることができる。

鰊汲みの様子

鰊漁といっても、漁師たちが多く集まる漁場では勝手に網を仕掛けることはできない。漁師たちは、それぞれ各自漁場を持っていて建網を張る。では漁場を持っていない漁師は鰊漁をできないということになるが、刺網に限り建網の邪魔にならないところなら、どこで網を張ってもよろしいということである。

刺網はさっと張って、鰊がかかったとみるやすぐさま網を引き上げなければならない。鰊が網にかかったままだと、生きが下がるということと、建網の邪魔になるからである。

ソーラン節は鰊漁場の労働歌で、この歌に合わせて網を起こし船に引き上げるのである。遥か沖合からソーラン節が風に乗って流れてくる。朝靄《あさもや》の中から極彩色の鮮やかな大漁旗をかかげた船が次々と帰ってくる。大きな船一杯に鰊が山積みされ、船の漕ぎ手は、その船によって十数人から、二十人ほどである。

声自慢の男が船の舳先に腰をかけて、漕ぎ手の方に向かって歌いだす。

ヤーレン　ソーラン　ソーラン　ソーラン　ソーラン　ソーラン

と歌うと若い大勢の漕ぎ手がハイ、ハイ、と合いの手の大合唱が入る。

　鰊来たかとかもめに問えば
　わたしゃ発つ鳥波に聞けチョイ
　ヤサ、エン、エリヤサノドッコイショ
　ハァ、ドッコイショ、ドッコイショ

と終わりの囃子は大合唱となる。

またソーラン節の合間に、掛け声だけで船を漕ぐ、ヨーイコラ、ヨーイコラセーとまず船頭が音頭をとると、それに合わせて二十人ほどの漕ぎ手が、力強く船頭の後について唱和する。若く張りある掛け声は実に勇壮である。

鰊を満載して帰ってきた舟

旧余市福原漁場の主屋（国指定史跡）

その掛け声も船頭によって多少違うのがおもしろい。

ヨーイトコ、ヨーイトコセーと音頭をとる声も聞かれる。

ソーラン節や掛け声は湾内いっぱいに屈強な海の男たちの大合唱が終日響き渡るのである。まさにこの日この時は、美声の船頭や男たちの花舞台である。

港には鰊を満載して帰って来る船を待ち受ける仲買人や、鰊の加工業者が大勢おり、網元の番頭や、漁師と取引が始まる。

船から陸揚げされた鰊は、次々と砂浜にうず高く積まれ、小山のような鰊の山がいくつもいくつもできる。

夜になると鰊の山の買主は、それぞれ盗難よけのため明々と篝火《かがりび》を燃やし、高張提燈《たかはりちょうちん》を立てて夜通し交替で番をする。まるで不夜城のようである。海岸には人影が絶えることがない。

この人たちに食べ物を売る屋台も、いつの頃からか出るようになっていた。大きな部厚い羊羹《ようかん》や大福餅、汁粉、そば等も売られていたということである。

明治二十七年、この年は鰊が大漁で、町は好景気で活気に満ちていた。

そのような中、日本と清国（中国）の間で朝鮮半島への覇権を巡って不穏な状態となり、八月一日両国は正式に宣戦を布告し、日清戦争に突入したのだった。

しかし日本軍の連戦連勝のめざましい勝利に驚き、清国の倒壊をおそれたロシア、ドイツ、フランスの三国の講和勧告を受け入れ、明治二十八年四月に停戦とする。

このような国情の中で、戦勝で国民の意気は高揚し、経済も上向いてきていた。

だが戦勝の結果として領有した、日本の遼東半島への権利を、ロシア、ドイツ、フランスが放棄するよう勧告してきた、これが世に言う三国干渉である。

実に屈辱的な介入である。当時まだ国力の弱い日本は、涙をのんで、明治二十八年十一月、清国に返還したのである。この強引な三国干渉がやがて、十年後日露戦争の遠因の一つになるのである。

少し前に戻って明治二十七年の鰊漁も終わりほっとした五月のある日、幸太郎は夫婦喧嘩のとばっちりで、下半身に熱湯による火傷を負う。よく生きていられたと思うほどの大火傷であった。この時の傷跡は終生消えることがなかった。喧嘩の原因は痴話喧嘩である。

繁乃は大柄のスラリとした、俗にいう小股の切れ上がったいい女である。町の男たちには人気があった。近所の男たちと世間話をしただけで、よく幸造は焼きもちを焼いた。この日も、らちもないことで喧嘩が始まり、嫉妬に狂った幸造は珍しく側にあった枕を繁乃めがけて投げつけたが、手元が狂って、囲炉裏の自在鍵にかかっていた鍋にあたり、ひっくり返ったのだった。囲炉裏の側で遊んでいた幸太郎は、もろに煮えたぎった湯を浴びて号泣した。

夫婦は、良いと言われる治療法を求めて東奔西走した。幸太郎は小水がしみて、その痛さに泣いた。そんな時ビール瓶に小用をさせるのだった。

幸太郎は痛さで夜も眠られず、食欲もなく、痩せ細って骨と皮のようになった。「おっ母ちゃん、痛いよ、痛いよ」と四六時中弱々しい声で泣くわが子をみて、繁乃はなす術もなく、ともに涙するのだった。

思い余って何人かの祈祷師のところへも足を運んだ。毎日医者のところへ通うのに幸太郎を柳行李に寝かせて、行李ごと背負って通った。

この時のケロイドのような太ももの痕は、大きなコンプレックスとなって、生涯心をさいなみ続けた。幸太郎満四歳と五か月のことであった。

夏には子供たちは毎日赤ふんどしで海で泳ぎ真っ黒になって遊ぶのであるが、幸太郎はそれどころではない。

夏が終わり秋風が吹いても、幸太郎の火傷の治りは思わしくなく、体も弱々しかった。やっと正月を迎える頃になって、少し家の中を歩ける状態になり、夫婦はほっとした。

このことがあってからは、夫婦喧嘩をすることもなくなった。


幸太郎は明治二十七年十二月二十日で戸籍上では満四歳ということであるが、しかし一年遅れで出生を届けたので、実際は満五歳である。明けて明治二十八年を迎え、いつもの生活が始まる。幸太郎も少しずつではあるが元気に遊ぶようになった。

夏になると近所の子供たちが「坊、海さ行こう」「泳ぎに行こう」と迎えに来るが、幸太郎は一度も海へ行くことはなかった。

しかし幸太郎は、この二、三年後には泳ぎができるようになった。

幸造は少し離れた海岸で、近所の子供たちとは時間をずらして泳ぎを教えたのだった。

「坊、泳ぎは大事だぞ、特に漁師は泳ぎができないと命取りになるからな」

この後、毎年夏になると幸造の特訓が続いたのである。

幸太郎は銭湯へ行くのを嫌がったため、だいぶ大きくなるまで繁乃は湯を沸かし、夏も冬も、たらいで行水をさせたのだった。

小三郎

明治三十年四月、幸太郎は、澤町尋常高等小学校に入学する。この時全児童数八百名、幸太郎は全学年とも常に抜群の成績であった。

ある日幸太郎が繁乃に「おっ母ちゃん俺、弟が欲しいよ」と言った。どこの家も子だくさんでうらやましかったのだ。しかし繁乃もこればかりはどうすることもできなかった。

このころ世話する人があって、小三郎という男の子を養子として育てることにする。自称十三歳ということだが、定かにはわからない、大柄な子で年令よりは大きく見えた。ただ東北の生まれというだけで、戸籍もない。幸太郎が一人っ子で淋しがるので、遊び相手としてもらったのだが、黒田家へ来るまでに、何軒もの家を転々としてきたため、放浪癖があり、落ち着くことがなかった。

しかし幸太郎はなぜかこの小三郎が好きだった。ある日突然ふらりと帰ってきたかと思うと、またいつの間にかどこかへ行ってしまうのだった。

帰ってくると「坊、元気か」といってよく肩車をしたり、相撲の相手をし、わざと負けてくれたりもする。短気で喧嘩早く、粗暴なところがあるが、幸太郎にだけはやさしかった。幸太郎は「兄《あん》ちゃん、兄ちゃん」と後をついて歩いた。

小三郎はいなくなると、二、三か月も帰ってこないこともあった。

どこをどう渡り歩いてきたのか、頭の毛は伸び放題で藁で結び、着物は汚れ、体は垢まみれで異臭を放っていた。

そういう小三郎に繁乃は「どこへ行ってたんだ」と聞くが、決して答えようとはしない。「なぜ答えないか」と繁乃は語気を荒くする。すると小三郎は「おっ母ちゃん勘弁してくれ、今度からどこへも行かねえ」と言うのである。

繁乃は「小三郎、お前はいい体をしているし、力もある、だからお父っちゃんの手伝いをして漁師になりな、お父っちゃんが喜ぶよ、もうどこへも行っちゃあだめだよ」

小三郎は素直に大きく頷いた。

「坊が学校から帰ってくる前に、こざっぱりときれいにしな」と言って湯を沸かし、着物と下着を用意してやるのだった。

「頭も洗いな、おっ母ちゃんが毛を切ってやるよ」小三郎は数え年で十四歳になったということだが、もう繁乃より背丈は大きい。繁乃は、小三郎がいつ帰って来てもいいように着物を用意して待つのだった。

小三郎は一年も学校へ行っていないので、読み書きは全くできない。しかし幸太郎には、「坊、よく勉強してえらくなるんだぞ」と言うのだった。

明治三十年、幸太郎小学校一年生、その年の秋も深まったころ、学校から帰ると、ざるいっぱいにさつま芋が蒸かしてあった。

「ただいま、おっ母ちゃん、あっ、さつま芋だ」

「お帰り、お前の好きなお芋だよ」

当時北海道は寒冷地のため、さつま芋を生産できず、本州から入ってくるので珍しく高価な品だった。

母と子は、うまそうに食べ始めた。その時、小三郎がしばらくぶりでふらりと帰ってきた。小三郎は恐る恐る家の中をうかがうようにして戸口にあらわれた。

幸太郎が目ざとくみつけて「あっ、兄ちゃんだ」と言うと、繁乃は振り向き、「今ごろ何しに帰って来た、お前のような者はどこへでも行け」と怒鳴った。

小三郎はまたどこへともなく出て行った。

幸太郎はもう、さつま芋がのどを通らない。小三郎のことが心配で、夕飯も食欲がない。外はもうすっかり暮れている。

母が台所でかたづけものをしているのを見澄まして、幸太郎はさつま芋を二本懐に入れて外へ小三郎を探しに出た。

月明かりを頼りに「兄《あん》ちゃん、小三郎兄ちゃん」と小声で呼びながらさがし歩き、やっと砂浜の舟の陰にうずくまっている小三郎を見つけて芋を手渡した。

小三郎は、その後も放浪癖が止まず、その度に繁乃に叱られていたが、そっと夜になってから家の中にもぐり込むことも、しばしばだった。幸太郎はそんな小三郎をいつもかわいそうだと思うのだった。

小三郎がどこかへ行っていない、風の強い夜など、裏口の戸がガタガタと鳴ると、小三郎兄ちゃんが帰ってきたのではないかと思い、そっと起き出して見に行くこともあった。

幸太郎はその後何年か経って小三郎兄の年齢になった時、彼の放浪癖の原因がわかるような気がしたのだった。

小三郎がある時「坊はやさしいおっ母ちゃんがいていいいな」としんみりと言って涙ぐん

だのを思い出す。

十数か所にもらわれて、そのたびに母という名の継母と暮らすが、小三郎はどうしても、生みの親に会いたかった。東北の生まれというだけで、物心がついた時には、他人の家で、ろくに食べ物も与えられず、つねに空腹で、盗み食いをするのが日課だった。と、これらを小三郎は何年かの間にぽつりぽつりと幸太郎に話したのだった。

小三郎は、二、三か月も放浪の末帰ってくるが、どんなに繁乃から「どこへ行っていたんだ、なぜ答えないか」と叱られても、ただ「おっ母ちゃん勘弁してくれ」と言うのみだったのは、生みの親を探しに行っていたと答えたら、現在の母である繁乃に悪いと思ったためだろうと、幸太郎はあの時の小三郎の年齢になって思い当たったのだった。

皮長靴

雪深い北海道の冬には、人々はみな藁沓を履き、道がついていない雪道は樏をつける。

幸太郎が高等一年、明治三十五年、満十一歳の冬のことであった。幸太郎はこの頃背丈が急に伸びて、大人びてきた。

幸造が小樽へ商売に行った帰り、十五円という大金を出して、ドイツ製の皮の長靴を買ってきて幸太郎に履かせたのだった。

幸太郎はうれしさのあまり、靴をはいて家中を歩き回った。キュッ、キュッと歩くたびに音がして黒々と光っているのを、いつまでも脱ごうとしない。

そんな幸太郎を夫婦は、にこにこと見ているのだった。

幸太郎は靴を枕元に並べて床に入ったが、うれしくて、なかなか寝つかれなかった。翌日から、大きなピカピカの靴を、ちょっぴり気恥ずかしく、ちょっぴり得意な気持ちで履いた。

学校へ行くと「坊すごいな、ちょっと履かせてくれ」などと言って生徒たちが集まってきた。中には手でなでてみる者もいた。

その頃、余市の町で皮の長靴を履いているのは町長と幸太郎の二人だけだった。雪道をキュッキュッと歩いていると、町の人々はみな振り返って見るのだった。

そんなある日、幸太郎は校長室へ呼ばれた。

幸太郎は、ガス銘仙（絹と木綿の混紡）のかすり模様上下の対の着物に、縞の袴を短めに履いていた。背が高いので年令より大人びて見える。

校長室に入ると「黒田幸太郎まいりました」とはっきりと言った。

すると校長はしばらく幸太郎を見ていたが「皮の靴は子供には贅沢過ぎるから、明日から藁沓を履くように」と言った。

幸太郎は強い衝撃を受ける。

明日からは大好きな宝物のような皮靴を履くことができないという悲しみと、それよりもお父っちゃんがせっかく大金を出して買ってきたのに、お父っちゃんがどんなにがっかりするだろう。そしておっ母ちゃんも、などと幸太郎は、これが最後の履き収めになるのだと思いながら雪道を歩いたのだった。

幸太郎からそのことを聞いた繁乃は、

「そんなことはかまうことはない、いいから明日も履いて行きな」

「でもおっ母ちゃん校長先生にまた言われるよ」

「その時はこのおっ母ちゃんが校長先生に談判しに行ってやるから、安心しな」と言うのだった。

幸太郎はどうしたものかと思い悩んだが、幸太郎は子供ながらも一つの結論に達した。

翌朝、学校に着くとすぐ校長室へ直行し、「黒田幸太郎入ります」と言った。

中から、「よろしい」と校長の声がした。

幸太郎の心臓は早鐘のように鳴っていた。

「黒田君、用とは何かね」

幸太郎は何と言っていいのか言葉がみつからず、ただ深々と一礼した。そして「校長先生、申し訳ありません、今日わたしは皮の靴を履いてきました」と言った。

すると校長は「昨日のわたしの話をご両親に報告したのかね」

幸太郎は迷わず「いいえ、しませんでした」と答えた。

「それはなぜかね」

「校長先生のお話を伝えると、父と母ががっかりすると思って言いませんでした」

「では今日履いてきたのは、君の一存かね」

「はい、すみません」と言って一礼した。

すると校長は「よしわかった、帰ってよろしい」と言った。

その日学校から帰ると繁乃が、「坊、靴のことで学校が何か言ったかい」と聞いた。幸太郎は「いや何も言わなかったよ」と言って、校長室でのことは一切言わなかった。その後も毎日履いて通ったが、学校ではそれきり何も言わなかった。


夫婦はよく幸太郎の将来のことを話し合った。

そんな時、幸造は「坊は将来商人にしようと思うんだ、坊は頭がいいからな。体がいまひとつ頑強じゃないから漁師には向かない」と言った。

幸太郎は色白の細面で何となく華奢に見える。栗色のやわらかい髪が耳のところで軽くウェーブしている。もう背丈は百六十センチくらいの繁乃と同じほどに伸びていたがまだ童顔で、美少年とよく町の人は言った。

初恋

明治三十六年四月、幸太郎は高等二年になっていた。

余市の町は相変わらず鰊漁で賑わっていた。幸造は今年も刺網を張り、忙しく朝早くから夜遅くまでよく働いた。繁乃も夫を助けて働くため、家を留守にすることが多かった。

繁乃は帰りが遅くなるため、いつも幸太郎のために夕飯を用意して出かけていた。

そんなある日、消息がわからなくなっていた小三郎がひょっこり帰ってきた。

幸太郎を見ると「坊、大きくなったな、もう俺といくらも違わないな」

「兄ちゃんも元気そうだね」

「坊いくつになった」

「十三だよ」

「兄ちゃんは」

「俺は二十《はたち》だ、お父っちゃんとおっ母ちゃんは鰊場へ行っているのか」

「兄ちゃん、御飯食べよう」と言って繁乃が用意しておいてくれた箱膳の食事を二人で分けて食べたのだった。

その後しばらく、小三郎は幸造の手伝いをして働いていたが、夏の初めのある日、夜になっても帰らなかった。夫婦はもう諦めているのか、小三郎のことは口にしなかった。


夏の終わりの夕暮れほど淋しいものはない。

きらめく太陽の下で思い切り遊び戯れる子供たちの歓声は今はもうない。

寄せては返す波の音のみ、幸太郎はじっと目を閉じて耳を澄ますと、あの夏の日のさんざめきが聞こえてくるような気がする。

もうそろそろ土用波が立ち始めているので人影はない。

八月の盂蘭盆《うらぼん》が過ぎると、年寄りたちは、「土用波が立ってきたら泳いではなんねえ、死人《しびと》が足を引っ張るからな」とよく言った。

幸太郎は波打ち際に白絣の裾をたくし上げて立っている。

足元の砂が、波にざあっとすくわれるのが心地よく、いつまでも立ち尽くしていた。

遠くの方で男が海中で馬のからだを洗っている。その時、何となく後に人の気配を感じて振り返ると、すぐ近くに里子《さとこ》が立っていた。一瞬、幸太郎はどきりとした。里子は黙って握っている手を幸太郎の前に出した。そしてそっと手を開くと、手のひらには白い小さな巻貝が光っていた。

「これ坊にあげる」

「うん」と言って受け取った貝は、里子の温もりがした。二人は歩き出した。

里子が「さっき坊が海の方へ歩いて行くのが見えたから」

幸太郎の心臓がさっきから、ドキン、ドキンと音をたてているので、里子に聞こえるのではないかと心配だった。

里子は藤色の大きな花の浴衣に赤い絞りの兵児帯《へこおび》をしている。

北国の花はすべて遅咲きである。浜茄子《はまなす》の花がいっぱいに咲き乱れ、風に乗って甘い香りが流れてくる。

里子は「じゃあね」と言って駆け出した。紅い手柄の小さな桃割れ髪が揺れていた。

里子は余市の沢町郵便局長の娘で、色白で小柄な可愛い子である。高等二年生の女子クラスである。

いつの頃からか、幸太郎は里子を意識するようになり、学校の行き帰りには遠回りをして里子の家の前を通るのだった。

ある朝、里子の家の前にさしかかった時、突然里子が家の中から飛び出してきた。

二人は一瞬、はっと立ち止まった。するとみるみる里子の顔が赤くなるのを、幸太郎は見た。

里子は急に海老茶色の袴をひるがえして駆け出した。

幸太郎も白絣に絞りの兵児帯をしていたが、里子の後を追って駆け出した。

里子は思ったより足が速い、校門近くでやっと追い抜いた。

すると里子は「坊ずるい」と言ってにらんで見せた。

その時幸太郎は胸がときめくのを感じ、それからは、学校でも里子のことが気になり、目はいつしか里子の姿を追っているのだった。


やがて年が明けて明治三十七年一月、寒い冬だった。大雪で家々は雪に埋もれていた。

人々は雪には慣れているはずなのに「大雪で困ったね」「雪には参ったね」とあいさつがわりに言葉を交わすのだった。

そんな中で、年寄りたちは「こんな年は鰊が大漁だぞ、山のようにやってくるぞ」と言った。

二月に入ると毎日やん衆と呼ばれる神様たちが柳行李を担いで、陸続《りくぞく》と余市駅から海岸沿いの道を、網元の家へと列をなす。明治三十六年には、函館本線の鉄道が、小樽まで開通していたのである。

町の人々は「また今年も神様がおいでなすった」と言うのだった。そして二月から五月までは町の人口が倍にふくれ上るのである。

仲買人や、商人、出面取りと言われる日雇いの人々が東北、北陸、遠くは大阪あたりからも、近隣の町村はもちろんのこと、どっと入り込むのである。

案の定三月に入ると鰊曇りと言われる、どんよりとした無風に近い日が続き、人々は鰊の群来《くき》るのを確信し、喜びで湧きかえった。

明治三十七年三月、幸太郎が高等三年になろうとする時であった。

このころ、国際情勢が険悪になりつつあった。ロシアの動きにここ数年不穏なものがあり、看過できない事態が続いていた。

これよりさき明治三十三年には、ロシアは満州を軍事占拠して、満州支配の意図を露骨に現し、さらに朝鮮半島への勢力拡大をねらった。日本はロシアの南下を阻止する決意を固め、明治三十七年二月十日、ついにロシアに対して宣戦を布告した。

この戦いでは、日本は苦戦を強いられ、多くの戦傷者を出すに至った。かの有名な二〇三高地の戦いでは北海道旭川の第七師団の兵士が多く戦傷死している。幸太郎たちの上級生は毎日のように、余市駅を通過する出征兵士を見送りに沢町から、約四キロの道を往復したのだった。

二〇三高地の戦いでは、世界史上まれにみる激戦の末、やっと十二月占領した。まさに宣戦布告より十か月目のことであった。この戦いの総司令官、乃木希典は、わが子二人の息子を敢えて最前線に送ったのだった。二人の息子がそれぞれ後方の幕舎を訪れた時、水《みず》杯《さかずき》を交わし、「必ず立派に死んでくれ」と言ったと伝えられている。

わが子二人を戦死させることで、数万とも言われる多くの戦死者を出したことへの謝罪だったのではないだろうか。その時の希典の気持ちを思うと胸にこみ上げるものがある。戦いとは何と愚かなものか。満蒙の曠野を、若い兵士の多量の血で朱に染めたのだった。

翌三十八年五月、ロシアが世界に誇るバルチック艦隊を撃滅し日本海の藻屑とした。

このニュースは世界を驚かせた。人々は信じられなかったのだ。その名も知られていない東洋の日本という小国が、世界の大国を負かすなどとは、一夜にして日本は世界の注目するところとなったのである。

七月、樺太を占領したが、その後アメリカ大統領ルーズベルトの勧告を容れ、九月五日停戦となったのである。

日本国中は戦勝の喜びで湧き、ここ余市でも連日連夜提燈行列が行われたのだった。

この年は鰊漁が豊漁だったこともあって、町の人々はみな笑顔で活気に満ちていた。

旅立ち

これより少し前の明治三十八年二月、幸太郎卒業間近のある日、朝から休みなく雪が降りしきり、教室の窓から見える景色は白一色で人の姿も見えない。

幸太郎は十四歳になっていた。

高等科四年になるとクラスの人数は減り一クラス十四、五人ほどで、男子組と女子組に分かれていた。

当時小学校は四年で卒業し、その上は高等四年まであるが、普通は小学校四年で終了する者が多く、高等四年まで進学するのは極少数であった。せいぜい高等二年までくらいで、それも一クラス五十人中三、四割ほどである。

まして高等四年まで進学するのは五十人中二割くらいであった。

昼近く、父の幸造が珍しく学校にやってきた。初めてであった。幸造は細かい小倉縞の対の着物に着替えて来ていた。

幸造は、はしょっていた着物の裾を下ろすと、入り口の戸を開け、受け持ちの教師に深々と頭を下げた。教師は学校出たてでまだ若く、金縁の眼鏡をかけている。

先生と父親はしばらく廊下で話をしていた。幸太郎は心配で、じっと入り口を見つめていたが、二人が何を話しているのか、全く想像がつかなかった。

やがて先生が教室に入ってくると、「黒田前へ出なさい」と言った。

背が高いので一番後ろに座っていた幸太郎は、不安な気持ちで前へ出た。

「黒田、いま君のお父さんが言われるには、君は今日限りで学校をやめ、小樽へ奉公に行くことになった。父親と一緒に帰るように」と言った。幸太郎は突然のことなので、何か言おうとしたが言葉にならなかった。

さらに先生は「もうすぐ卒業なので、その後ではと、お父さんに言ったのだが、先方が急いでいるということなので仕方がない」

先生に「組の友人に挨拶をするように」と言われたが、幸太郎は「はい」と言ったきり胸がいっぱいで、なにを言っていいのか思い浮ばなかった。

幸太郎は「先生さようなら」と言った時、思わず涙がこみ上げてきた。

そして友達に向かって「さようなら」と小さな声でやっと別れの挨拶をした。友達が何か言ったが、涙がこぼれそうなので急いで仕度をして父の後に従った。幸太郎はとなりの女子組みの前を通るとき、一瞬教室の窓のところで立ち止まった。里子が目ざとく幸太郎の方を見た。瞬間ではあったが、二人の目と目が合った。これが二人の生涯の別れとなったのである。この後二人は相まみえることはなかった。

雪はまだ深々と降っている。

幸造は紺の刺子の防寒着に、灰色毛糸の目のところだけが開けてある蛸帽子をすっぽりと被り、藁沓に樏をつけて幸太郎の前を、一足一足踏みしめながら歩いている。幸太郎も刺子に蛸帽子、だが藁沓ではなく、皮の長靴を履いている。幸太郎は父の樏の跡を歩いて行くのが遅れがちになる。幸造は時々立ち止まって待つがまた歩き続ける。

やがて幸造は樏の足を止めて振り返り「坊、お父っちゃんはお前を漁師にはしたくないんだ」と言った。父の吐く息が白い。

「お父っちゃん、じゃあ俺は商人になるのか」

「そうだ。漁師は危ない、板子一枚地獄だぞ、お父っちゃんだって今までに何度も危ない目に遭っているんだ」

幸太郎は父からこのようなことを聞くのは初めてだった。

「漁師はいつも命を張って生きているんだ。お前にだけはこんな思いをさせたくない」と話しながら雪の中をゆっくり歩いて行く。

夕食の時、母が「坊、お前にはいつ言おうか、いつ言おうかと思っていたんだよ」と言った。夫婦で前から話し合っていたらしい。

繁乃は「わたしは、せめて高等四年卒業してからと思っていたんだがね」と淋しそうだ。

幸造は「小樽の奉公先の御主人から最近便りがあって、なるべく早く来てほしいと言ってきたんだ」と言った。

繁乃は「坊、お前を立派な商人にするためだから勘弁しておくれ」と目のふちを真っ赤にしている。

幸太郎は「おっ母ちゃん、心配いらないよ、俺はもう大きいんだから」と言った。

幸太郎は夜、布団に入っても、いろいろなことが走馬灯のように浮んできて、なかなか寝つかれない。

里子とはもう会えなくなると思うと、胸が締め付けられるように苦しかった。

それから二日後、やはり雪は降り続いている。旅立ちの朝、繁乃は赤飯を炊いて祝ってくれた。そして何度も何度も、くどくどと、「からだに気をつけるのだよ、風邪をひかないように」を繰り返すのだった。

繁乃は幸太郎に真新しいガス銘仙の対の絣を着せ、下着や、着替えの入った信玄袋を持たせた。幸太郎はその中にそっと教科書を二、三冊しのばせた。

家を出る時、繁乃は「坊、行っといで」とだけ言った。幸太郎は「うん、おっ母ちゃん」と言って父とともに沢町から四キロほどの雪道を余市駅へ向かった。

こうして幸太郎は、三年間の約束で奉公に出たのだった。小樽港は常に大小の船が出入りし、外国の船も入り、北の商業都市として賑わっていた。港の側には多くの倉庫が立ち並び、卸問屋や、小売店が軒を連ね、一日中人の雑踏の絶えることがなかった。

奉公先は、越中屋といって、荒物、雑貨、海産物の問屋で、港に近く、手広く商売をしていた。使用人は番頭と手代、小僧と全部で四人、幸太郎を入れると五人になる。

幸造は土間に立って、この家の主人に「伜幸太郎をよろしくお願い申します」と言って深々と頭を下げた。

幸太郎は父を送って外へ出た。

また雪が降り始めていた。

幸造は「坊、じゃあ元気でな、また商売ができた時に寄るからな」

幸太郎は心細くなって「お父っちゃん、また寄ってよね、本当だよ」

「ああ、また来るよ」と言いながら、陽のかげり始めた運河沿いの道を歩いて行った。

幸太郎は父が倉庫の角を曲がるまで見送っていたが、しかし幸造は一度も振り返ることはなかった。何かを断ち切るように、下を向いて黙々と歩いていった。

この時の別れが、父と子の終生の別れとなろうとは、神ならぬ身の知る由もなかった。

父を見送って店に帰ると、おかみさんが「黒田、お前その着物を脱いで、これを着なさい」と言って、洗いざらしの継ぎ布の当たった着物を手渡した。

幸太郎はびっくりして、「わたしは今まで古い着物や、継ぎ布の当たったものを着たことがないから嫌だ」と言った。

するとおかみさんは「生意気言うんじゃないよ、小僧は小僧らしい着物を着ていればいいんだ」と言って、平手打ちで、思い切り幸太郎の頬をぶった。

この時初めて、今までの人生で一番ひどい侮辱を他人より受けたのだった。

その夜、幸太郎は冷たい布団の中で声を忍ばせて泣き、枕を濡らした。

その後幾日か経ったある日、自分の新しい着物を、この店の少し馬鹿な、同じ年の息子が着ているのを、じっと我慢しなければならなかった。

新入りの幸太郎は、朝早くから、夜遅くまでこま鼠のようによく働かされた。

一人っ子で大事に育てられた幸太郎にはすべてが初めての経験で、掃除の仕方から雑巾のしぼり方にいたるまで、年上の小僧にしごかれた。その上、頭の悪い店の息子の勉強まで見てやらなければならなかった。

息子は幸太郎と同じ年なのに、なぜかまだ高等二年なのである。店の小僧たちの話によると、ここのところ二度落第したということであった。

いくら教えても覚えが悪く、幸太郎は苦労した。また年上の小僧の中には、意地の悪い者がいて、呼んでいるというので駆け出していくと暗がりから、足を出されて転んだり、一番最後に入る風呂の湯が抜かれていたり、いろいろな嫌がらせがあった。この嫌がらせは、どの小僧も必ず受ける洗礼のようなものであるらしい。

幸太郎は後年思ったのだった。人生に立ち向かって行く中で、様々な困難、苦労や、いやがらせを受けたが、いつもくじけることなく乗り越えられたのは、この小樽での小僧時代に培われた根性と信念によるものであると……。

そのころ小樽の町には、次々と新しい鉄筋コンクリートの建造物が、外国人、特にロシア人の技術者を招いて建てられていた。港近くの商店街には、蔵造りの間口の広い問屋が軒を連ね、大変な賑わいであった。

雪解けを迎える三月から四月は道路は雪解水《ゆきげ》が流れ、いたるところにぬかるみができるのである。そのような中を高下駄を履いて、大八車に海産物等の荷物をいっぱい積んで、小売店や港の船まで年上の手代とともに配達をする毎日であった。また新入りなのによく集金にも歩かされた。他の小僧たちは読み書き算盤がよくできないため間違いが多く、それで幸太郎が正確だということと、お得意さんの評判もよく幸太郎が名指しされるので、よく遠くまで集金に行かされたのだった。

ある時遠くまで集金に行き、帰りが遅くなり食事をしようと思って箱膳の蓋を開けたら、おかずが全部食べられてなかったこともあった。

その頃、小樽の町にも、ようやく外国製の自転車が普及し始めていた。

ある時、店に売りにきた自転車を主人が買い、幸太郎に「黒田、これに乗って集金にまわれ、お前も楽だろう」と言った。

幸太郎は自転車に乗れるのがうれしくて、夜遅くまで練習をした。小僧たちや手代もかわるがわる練習をするのだが、運動神経のよい幸太郎が一番先に上達をした。

その日も自転車で集金に回った帰路、水溜りに車輪をとられ、ぬかるみに倒れてしまった。でも幸太郎は、集金袋だけはしっかりと泥水から守ったのだった。

着物は泥だらけだった。自転車を起こして、痛さをこらえて膝小僧を見ると、血が流れていた。

幸太郎は急いで店に帰った。

その姿を見た店の主人はいきなり、「黒田、自転車は大丈夫か、壊れなかったか」としか言わなかった。

「はい大丈夫です」と言って集金袋を手渡し、着替えと傷の手当のために自分の部屋に入った時、どっと涙が溢れ、思わず嗚咽した。

「怪我はなかったか」とか「どこか痛くないか」という言葉もなく、自転車だけを気にする人間性に幸太郎は失望したのだった。

明治三十八年の秋も深まったころ、幸太郎は淡い恋をする。それは片思いであった。

新入りの幸太郎は、毎朝早く起きて店の前を掃除するのが日課である。

毎朝店の前を通る女学生がいて、幸太郎より二、三歳上で、十六、七歳くらいのようである。

髪を三つ編みにして、大きな紫のリボンをつけ、海老茶色の袴を短めに履いて、さっそうと学校へ通うのである。

幸太郎は、彼女の通る朝八時少し前になると、そわそわと店の前へ出て再び掃除を始めるのだった。彼女に会えない日は、一日中淋しかった。ある朝、ふと彼女と目が合った。彼女は「おはよう」といってにっこり微笑んだ。幸太郎は天にも上る心地がした。

幸太郎は、その日も自転車で集金に出かけ、帰路にわか雨にあい、急いで店へ向かっていた時、近くの店の軒下で雨宿りをしている学校帰りの彼女を見つけたのだった。

幸太郎は店へ帰ると、集金袋を番頭に手渡し、店の番傘を手にして、駆け出そうとすると、番頭が「黒田、どこへ行くんだ」と言ったが、幸太郎は後も見ずに外へ飛び出し彼女の側へ駆け寄り、何も言わずに黙って番傘を手渡した。傘には店の屋号「越中屋」と大きく書き連ねてある。

彼女はにっこり微笑んで「ありがとう」と言った。

幸太郎が雨の中を引き返し、手ぬぐいで雨をふいていると、番頭がにやにや笑って「黒田、お前は誰にでも、あのように親切なのか」と皮肉たっぷりに言うのだった。

翌朝、彼女が学校へ通う途中、傘を返しに店へ立ち寄り、幸太郎に「小僧さん昨日はどうもありがとう、おかげで濡れないで済んだわ」と言った。

幸太郎は「いいえ」とだけやっと言った。幸太郎は小僧さんと言われたことが悲しかった。住む世界の違いを感じたのだった。

三十をいくつか過ぎているのにいまだに独身の番頭は「お嬢様、わざわざお持ちにならなくても、黒田をいただきに行かせましたのに」と、精一杯の愛想笑いをするのだった。

するとお嬢様は、「あら黒田君というの」と言って学校へ向かった。それは十月も終わりの頃で、そろそろ冷たい風が吹き始めていた。

大火事

店は相変わらず忙しい毎日が続いた。

年の暮れに向かって、お正月用の品物を配達したり、買い物客の応対をしたり、注文に応じて仕入れに行ったりと、店中の者がくたくたに疲れていた。

十二月の初めのことだった。ちょうど人々が寝静まった午前二時ころ、突如、火事を知らせる半鐘の音で目を覚ました。

急いで障子を開けたとき、あっと驚いた。

夜空は真っ赤に染まり、火の粉が降ってきた。火の元は数件先の商店であるが、隣の店はもう火に包まれていた。

折からの強風にあおられて、越中屋の軒先にも、もう火がついている。

店の主人は「お前たち早く逃げろ」と叫んだ。幸太郎は、なぜか手足が、がたがたと震えた。主人が番頭に「店の帳簿を全部持ち出せ」と言っている間にも、火の勢いは烈しく迫ってきた。

消防団の人々は「早く逃げてください」「物を持ち出している暇はないよ」と叫んでいる。「早く、早く」とせきたてている。幸太郎は風上に向かって走った。

人々の叫び声、悲鳴、足音、大きな家や倉庫が焼け落ちるものすごい音で、まさに地獄そのものであった。ごうー、ごうー、と天地が唸り、ときどき熱風が、火の粉をともなって吹いてくる。幸太郎は生きた心地がしなかった。

小樽中の消防車が必死で消火にあたり、やっと夜が明けてから鎮火したものの、商店街の半分以上が類焼したということだった。

火はまだ、あちらこちらでくすぶっていた。風が強く火の回りが速かったことと、店が荒物雑貨、海産物問屋であり、荒縄、むしろ、ござ、草履、箒、桶、ざるにいたるまで、みな燃えやすいものばかりなので、大きな店は、あっという間に全焼したのだった。

黒こげの焼けただれた残骸と瓦礫の中から人々は、茶碗や鍋を探し出している。その姿がなんとも哀れであった。

時々生暖かい風が吹くと、焼け焦げた異臭が鼻をつく。焼け出された人々は放心したように焼け跡を見つめていた。

やがて炊き出しのおにぎりが隣の町会から届き、人々は、われ先にと手を出し食べた。梅干の入った白いにぎりめしに、たくわん、そのうまかったことは、後々まで忘れることはなかった。

店の主人は、僅かばかりの金を持って出たが、暮れから正月の商いを見越して仕入れた商品はすべて灰となり、その上蒲団や家財道具、その他一物も持たずに逃げたので、家族、使用人の命だけは取り留めたものの、虚脱状態であった。

主人は、類焼見舞いの人々の言葉には一応礼を述べてはいるが、どこか上の空で悲観の色を隠すことができなかった。

そのような主人を見かねた幸太郎はなすこともないままに、焼け跡から古釘や、古鉄をひろって歩いた。これを売って、少しでも主人に手渡したいと思う心からだった。

少しの間に早くも鉄くずが相当な量になった。それを見ていた店の主人が、幸太郎に向かって「黒田、お前はそんな人間だったのか、そんなにしてまで金が欲しいのか、お前はハゲタカのようなやつだ」と罵った。

幸太郎は、その意外な言葉に驚き、何の弁解もせず黙って作業をやめた。弁解をしたいと思ったが、年の若い幸太郎にはその勇気がなかったのだった。

かれこれ十か月近く、懸命にまじめに働いてきたのに、自分を分かってはくれなかったのだと思い、このように人を見る目のない主人に、幸太郎は失望したのだった。そしてこのことによって幸太郎はまた貴重な人生勉強をしたのであった。

主人は土地を担保に銀行より融資を受けて店を再建することになったが、取りあえず焼け跡に仮店舗を建てて、正月に向けてささやかながら商売を始めたのだった。

店舗とは名ばかりで、バラック建てのため、十二月の寒風が隙間から吹き込んで手足が冷たく、朝までまんじりともせずに明かすこともたびたびであった。

ひどい環境だったが、幸太郎はこま鼠のようによく働いた。

明治三十八年十二月二十日、幸太郎は満十五歳になった。

父の死

明治三十九年三月の初めのことであった。この年も雪が深く、幸太郎はいつものように藁沓を履き、母繁乃が送り届けてくれた手作りの綿入れ半てんを着て、店の前の雪片付けをしていた。

すると店の主人が「黒田、黒田」と大きな声で叫んだ。

「はあい」と反射的に大きな声で返事をして店内に入った。

「黒田、心を落ち着けて聞くように」と主人が言った。幸太郎は何事かと、不安でいっぱいになった。

「今、電報で、お前のお父っつあんが海で遭難したと知らせてきた、お前どうするか」

「すみません、家に帰らせてください」

「よし行ってこい、帰ってくるんだぞ」

すぐに雪の降りしきる小樽駅より列車に乗った。あんなに汽車に乗って母の待つ余市へ帰りたいと日頃思っていたのに、今はもう悲しみが胸いっぱいにひろがり、涙がとめどなく流れた。近くの乗客に気付かれないように顔を窓の方へ向けて、雪景色を無意識に見つめた。

やさしかった父幸造のことが次々と思い出され、胸が潰れるように苦しかった。時々嗚咽しそうになるのをやっとこらえた。

思えばちょうど一年前、父に連れられて奉公に来た時のことが思い出される。降りしきる雪の中を黙々と俯いて帰って行く父の広い大きな背中が、あの時心なしか淋しそうに見えたのだった。

そんな父の背中に向かって「お父っちゃん、また来てよね」と言ったら「ああ、また来るよ」と答えたが、一度も振り返らなかったことが鮮明に思い出される。

雪の余市駅より、折よく沢町まで行くという馬橇に乗せてもらい、母の待つ家に着いた時にはもう日が陰っていた。

繁乃が「坊、待っていたんだよ」と言ったきり後は言葉にならなかった。

幸太郎も「おっかさん」とだけやっと言った。

母と息子は一年振りに会ったのだったが、今は何も話す気にならなかった。近所の人たちが数人、囲炉裏を囲んで話し合っていた。幸太郎を見ると「幸太郎さんですか、大きくなりましたね、このたびは大変なことで」と言って頭を下げた。

人々の話を総合すると、今年は寒流の南下が早く、鰊もその寒流に乗って、いつもの年より早く、アリューシャン方面より北海道に押し寄せたということのようだ。

北海道稚内の西方に位置する利尻島に鰊の大群が接近しつつあった。

その時利尻島の漁師より幸造のところに電報が届き、電文には「ニシクキルハヨコイス」とあった。

当時、電文は十字まで五十銭で、一字増す毎に五銭ずつ料金が増えるのである。そのため、なるべく簡単に電文を書くのである。「鰊群来る早く来い鈴《ニシクキルハヨコイス》」というように鰊漁は時間との勝負である。

この電文を受け取った幸造は、すぐさま三十艘ほどの大小の船団を組織し、自ら団長となって利尻島へ向かったのだった。

出港する時は、鰊曇りの穏やかな海であった。当時漁船は、ポンポン船または発動機船と言われる、重油で走る船で漁をしていた。

みな七、八トンから十トンほどの船であった。しかし、海は魔物である。いつ荒れ狂うかわからない。

利尻島沓形村沖合で出漁中、突然の嵐に合い、船団はことごとく海の藻屑となり、二百数十名の人間が海難死したのだった。

幸造四十六歳のことであった。

繁乃はこの後二十年以上経っても幸造の死亡を認めることができず、いつまでも町役場に死亡届を提出せず、幸造行方不明と申し出て、戸籍簿には後々までそのように記載されていた。


その晩は、母と子は枕を並べて寝たが、幸造のことは何も話さなかった。

ただ「坊、一年見ないうちにずいぶん大きくなったね」とだけ言った。

幸太郎は何を言っていいのか言葉が見つからず「おっかさん、元気を出してくれよ」と言った。

三日目の朝、小樽へ帰る日がやってきた。繁乃は「坊、もう行くのか」と言って幸太郎を見上げた大きな目は虚ろだった。

日頃は気丈な繁乃だったが、肩を落として座っている姿が急に小さく感じられた。

幸太郎は、父のいない家に母を一人残して小樽へ帰ることは、後ろ髪を引かれるような思いがしたのだった。


翌年、幸太郎十六歳の夏、八月十六日に盆休みをいただいて、故郷へ帰ることになった。十六日は奉公人たちの年に一日だけの休みで、俗に「地獄の釜の蓋も空く」と言われる日である。

久しぶりの我が家である。しかし母の姿はない。母を探して海辺へ出て見ると、母はやはりそこにいた。じっと沖の彼方を見て立っている。

幸太郎は後ろから「おっ母さん、ただいま」と言ったが、母は振り返らない。幸太郎は側へ行き母の顔を見た。

繁乃はその大きな目から涙を滂沱と流していた。後にも先にも母の涙を見たのはこの時だけだった。

幸太郎はその時、この母に生涯親孝行をしようと心に誓ったのだった。

その時海に向かって泣いていた母の胸中を去来するものは何であったのか。おそらく去年海難死したまま遺体も上らぬ夫幸造のことであろうと思ったのだった。

また、明治二十年、夫幸造とともに山形県酒田から北海道の函館に渡りその後一度も故郷へ帰ることもなかった母は、どんなにか父や母に会いたいと思ったことだろうと思いやり、幸太郎は母の涙の深い訳がわかるような気がしたのだった。

その日の夕食は久し振りに母と二人で食べた。その時繁乃が言った。

「久し振りに今年の春、小三郎がひょっこり帰ってきて、自分を養子にしてくれと言ったんだよ、今まで一度もそんなことをいったことがないので、なぜだと聞くと、どこへ行っても兵隊検査は済んだのかとか徴兵検査は何種だったと聞かれるのだが、俺には戸籍がないから役場から通知も来ない、と言って淋しそうにしているので、養子縁組をしてやったんだ」と。小三郎は、晴れて黒田小三郎となったのだった。

その後の検査によると、小三郎は甲種合格だったということである。合格者の種別は、甲種合格、乙種合格、丙種合格とその体格に応じて等級がつけられる。

ただ小三郎は自分の名前も書けないので、検査官より強く注意を受けたとのことである。

兄弟

明治四十二年三月、奉公を終えて帰郷する。本来ならば前年には戻れるところだが、店の主人の「御礼奉公を後一年してほしい」という頼みを断ることもできず、結局四年勤めて、四十二年の帰宅となったのである。

幸太郎満十八歳の春である。前年は店が忙しく、人手が足りなかったので、盆休みももらえず、いま二年ぶりに我が家の敷居をまたいだのだった。

町は例年のように鰊漁に賑わっていた。荷を積んだ馬橇が雪道を、浜から余市駅まで列をなして続く。積荷は今朝水揚げし箱詰めされた生鰊《なまにしん》である。生きが下がらないよう一刻を争う仕事である。

積荷とともに馬橇の荷台に立つ馭者を、人々は馬追《うまお》いと呼ぶ。馬追いは大声で馬を走らせる。馬の体から発散する汗と体温が白く湯気のように立ち昇る。

余市は道内では比較的雪の少ないところなので、三月に入ると道路はところどころ雪が融けて、土が出ている箇所もある。そうなると馬にとっては最も難儀なこととなる。

馬橇は、雪道を走るためのものであり、土の上は滑らない。それを承知で、馬追いは大声で、「おーっ、おーっ、それ行けー、それ行けー」と掛け声とともに鞭をふるう。三月の雪融けが始まった道は、馬泣かせの道である。馬は、馬追いの掛け声と、手綱さばきで決まると言われる。まさに人馬一体の仕事である。三月と言ってもまだ肌寒い中で、人も馬も汗をしたたらせて町を駆け抜ける。

このような光景を横目で見ながら、戸口から「おっ母さんただいま」と言ったが、母の姿が見当たらない。するとそこへ小さな男の子が、ちょこちょこと出てきた。

幸太郎は一瞬家を間違えたのかと思った。しかしそうではない。どういうことなのかと考えていると、繁乃が戸口から入ってきた。

繁乃は満面に笑みを浮べて「お帰り」と言った。しばらくして、「幸太郎、この子はお前の弟なんだよ、面倒を見てやっておくれ」

幸太郎は、急なことなので、まだ理解ができず、何と言っていいのかわからずただ黙って子供を見ていた。

子供は母の膝に抱かれている。

しばらく沈黙が続いたが繁乃が「お前には済まないと思っている。許しておくれ」と言った。あの気丈な母が自分に謝るなんて、考えられなかった。

家の中には、父親の姿はもちろん、それらしい男の物も何もなかった。

幸太郎は母に何も聞かなかった。

何も言わなかった。

何か言ったら母を傷つけてしまいそうな気がしたので、ただ「子供の名前は」と聞いた。

母はほっとしたように、

「幸一っていうんだよ、もうすぐ二歳になるんだよ」

幸太郎は「そうか、お前は幸一っていうのか」と言って両手を前に出した。

すると繁乃は「ほら幸一、兄《あん》ちゃんが抱っこしてくれるってさ」と言って膝の赤ん坊を、幸太郎の方へよこしたのだった。

このようにして母と兄弟二人の生活が始まったのである。

幸太郎は、生涯幸一の父親がどんな男なのか一切知ることはなかった。

母もまた語ることはなかったし、幸一は長じてもこのことに関しては触れなかった。

幸太郎は、生まれながらにして父の存在を知らずに育つ幸一を哀れに思い可愛がった。

繁乃は今まで一度も妊娠をしたことがなく、自分は石女《うまずめ》だと思っていたので、始めは信じられなかった。それに、とうに四十歳を過ぎていたので、女体の不思議さを思ったのだった。

繁乃は夫を亡くしてから二年の間懸命に生きてきた。特に幸一が生まれてからは、繁乃は必死で働いて生活費を得てきたのだった。魚の干物をつくり、幸一を背負って町を売り歩いたのであった。

幸太郎は、母が好きだった。しかし幸一のことがあってからは、なぜか心の片隅に引っかかるものがあって今までのように母に接することができなかった。しかし後年幸太郎が成人し家族を持った時、初めて母を理解することができたのだった。

四十一歳という女盛りで夫を亡くし、一人の息子は奉公に行っていて留守、頼る人も誰一人とてなく、毎日どんなに淋しかったことだろうと思ったのだった。

運送店

幸太郎はこの数日、いろいろと考え込んでいた。母と弟の生活が自分の肩にかかっているわけで、何か商売を始めなければと思ったが、その資金も場所もない。手元にある少しばかりの金は、奉公している間にこつこつと貯めたものである。

幸太郎は考えた末、まず大八車を買って、問屋から四斗樽に入った味噌と醤油を買い車に積んで、余市の町を隈《くま》無く売り歩いたのだった。沢町、大川町、黒川町と海岸沿いに広がる町は広い。当時は約二万人の人口で、常に鰊をはじめ魚介類が豊富にとれ、また林檎や農作物果実類も多く、寒冷地のためとれない果実はみかんと柿だけで、あとは何でもとれたのだった。そのため町は豊かであった。

幸太郎は、朝早くから夕方日の落ちるまで「味噌はいりませんか、醤油はいかがですか」と言って売り歩いた。

余市の街並み（入舟地区）

小倉絣の着物をはしょり、母が縫ってくれたフランネルの股引きに地下足袋を履いている。慣れない商売なので始めは気恥ずかしく、十八歳の幸太郎はなかなか売り声が口から出なかったのだった。しかしそんなことは言っていられないのである。生活がかかっているのだから。

幸太郎がこの商売を始めた時には、すでに中年の男が売り歩いていたのだった。しかし若くて、愛想のいい、そして少しばかり計りの重さを加減してくれる幸太郎を待って、町の人々はよく買ってくれた。

これを妬んだ同業の男は、ある朝待ち伏せをして、いきなり横丁から出てくるなり、「お前、よくも商売の邪魔をしてくれたな」といって荷車ごとぶつかってきたのだった。

荷車と荷車が大きな音をたててぶつかり、幸太郎の車は横倒しになった。樽は大きな音とともに道路に落ちて、醤油の入った四斗樽は、バラバラに壊れた。醤油は道路いっぱいに流れた。

幸太郎は、一瞬愕然としたが、不思議と腹が立たなかった。この男にも妻子があり、生活がかかっているのだろうと思った時、怒る気にならなかった。幸太郎は黙々と大八車を起こし、味噌樽を起こすと、それでもまだ味噌が半分ほど残っていた。その様子をじっと見ていた男は、「ざまあ見ろ」と捨て台詞を残して去って行こうとしていた。

大きな音を聞きつけて、出てきた近所の人々は、口々に男を非難する言葉を発した。中には去って行く男に対して「警察を呼んだ方がいい」「お巡りさんを呼ぼうよ」「なんてひでえことをするんだ馬鹿野郎」などと怒鳴ってくれたり、黙々と道路のかたづけをしている幸太郎に、「よく我慢をしたね」と言って手伝ってくれた人がいた。

そしてこの出来事が町中の噂になり、前よりもいっそう売り上げが伸びたのだった。

何が幸いするかわからない。まさに「塞翁が馬」とはこのことである。

繁乃も「禍転じて福をなすとはこのことだね」と言って喜んだ。

なかなかの美男子で働き者の幸太郎は町の人気者で、町に何か所かあった若い娘に和裁を教えている裁縫所の前を通ると、娘たちがみな窓から顔を出して手を振るのだが、幸太郎は、少し気恥ずかしく、振り向くこともなく通り過ぎるのだった。

よく働く真面目な若者という評判が町中に広がり、明治四十三年の早春のある日、いつものように駅前の野田運送店の前を大八車を押して通った時、運送店の主人に呼び止められ、是非にと望まれて、番頭として勤務することとなったのである。

幸太郎十九歳の春のことであった。

野田運送店の月給はこの時九円であった。このころ野田運送店は、赤字続きで倒産寸前であった。幸太郎は初出勤の日、店の主人に一つの約束をしたのだった。

「一年経ったら必ず黒字にしてみせます。そのかわり、家計費のことも、店の経理のことも全部わたしにまかせてください」と言った。

この日から幸太郎の努力が始まった。店の燃料から、お客に出すお茶の葉、葉書一枚、用紙一枚に至るまで、倹約できるものは、徹底して倹約したのだった。また、奥向きの生活費も毎日定めて渡した。

幸太郎が住み込みで朝早くから夜遅くまで身を粉にして働くようになってからは、なぜか客が多く出入りするようになった。幸太郎は手際よくてきぱきと仕事をこなし、どのような客に対しても丁重に接した。

使用人は幸太郎一人で、他はみな暇をやった。そのため、朝早くから夜遅くまで雑用から、店の掃除に至るまで一人でこなさなければならなかった。またよく集金にも歩いた。夏などは、白絣に博多の角帯をしめ、麻裏草履の裏に牛皮をつけたのを履くと、キュウッ、キュウッと音がする。例の裁縫所の前を通ると、娘たちが顔を出して、きゃあきゃあ言って手を振るのだった。すらりと背の高い幸太郎は、何を着てもよく似合ったので、幸太郎の服装が若者たちの間でよく流行したという。

やがて一年が経ち、明治四十四年春には幸太郎の言葉どおり一年で黒字になったので、店の主人に大いに感謝されたのだった。その後月給は十二円、十六円となり、十年後店をやめるころには二十円に上っていた。

やがて四十四年秋、徴兵検査を受け、甲種合格となる。四十四年十二月二十日、幸太郎は満二十歳となり、四十五年三月に旭川第七師団に入隊することとなった。

幸太郎は入隊が近づいてきたので、自分の留守の間、店の仕事に支障をきたさないように忙しく働いていた。そんなある日、店の主人が改まって幸太郎に言った。

「黒田君、君はもうすぐ入隊して、二年間帰ってこない、入隊する前に娘の梅と仮祝言を挙げてくれないか、ゆくゆくはこの店を君に任せるつもりでいる」

野田運送店には娘が二人で男の子はいない。幸太郎が「店主、わたしを婿にということでしょうか」と聞くと、店主は「実はそう思っているのだが、どうだろうか、娘も君に対してはまんざらでもないようだし」と言った。

幸太郎は同じ年の娘の梅が、自分に気があるらしいことはうすうす気付いていたが、梅が自分の好みではないので、あえて気付かぬ振りをしてきたのだった。

「店主、御心は大変うれしいのですが、わたしは黒田家の長男であり、母と弟の面倒を見なければならないので、御希望に添うことはできないのです」

店主は「わかった、ではどうだろうか、野田の姓を継ぐことは無しということにして、娘を嫁にもらってくれないか、君が旭川から帰ってきたら再びこの店で働いてもらいたいし娘と世帯を持ってほしいんだ」

このような成り行きとなり、幸太郎は入隊前、断ることもできず、意に染まぬまま、梅と仮祝言を挙げたのだった。

入隊前の一か月ほど、野田運送店の二階で新婚生活を送ったのだったが、幸太郎は梅に対して、何の愛情もわかなかった。

やがて幸太郎は、明治四十五年三月の末、もうすぐ春がそこまで来ているというのに粉雪がちらつく寒い日であったが、旭川師団に入隊する。

この後二年間、幸太郎は妻の梅に二度簡単な葉書を出したきりであった。

旭川は厳しい寒さで、北海道の中でも特に寒冷地である。真冬には零下三、四十度まで下がることも珍しくない。その中で毎日苦しい訓練が続いた。

入隊して間もないある日、中隊長が新兵ばかりを一中隊屋外に並ばせて、馬を一頭連れ出し、ムチで示しながら馬の体の名称を一つずつ教えた。全部で五十あまりあった。

翌日また中隊長は、昨日のように新兵を並ばせて「誰か馬の名称を全部覚えている者はいるか、知っている者は前に出よ」と言った。その時大きな声で「ハイ」と一歩前に出たのは幸太郎一人であった。

中隊長が「よし言ってみよ」と言うと、幸太郎は大きな声で、一つの間違いもなく全部言うことができた。それからは中隊で誰一人として幸太郎の名前を知らぬ者はなかった。

二年の兵役の間に母繁乃から数通の手紙が届いた。故郷の酒田の寺小屋へ少し通った程度と言っていたが、それでも巻紙に筆で、こまごまと身のまわりのことや、幸一のことを知らせてきた。そして最後には必ず毎日神仏に無事を祈っていると書かれていた。

二年の兵役が満期となり、幸太郎は上等兵の位で余市へ帰って来た。

大正二年四月の終わりのことである。北国の春は遅い、桜の蕾もまだ固い。

余市駅より、駅前の野田運送店に直行した。主人夫婦は、手をとらんばかりに喜んで迎えてくれた。

しかし妻の梅の姿が見当たらないので、「梅はどうしているのでしょう」と聞いた。

すると母親が急に泣き出し、「黒田さん、梅は死んだんです」と言うなり、子供のようにおいおいと泣くばかりだった。

父親も涙を拭きながら「ちょうど今日で二七日《ふたなのか》になります。君の帰りを待ちわびていたんだよ、可哀そうな子だ」と言い、幸太郎は返す言葉がなかった。

父親の語るところによると、幸太郎が入隊して間もなく、梅は突然喀血したのだった。

その後入退院を繰り返していたが、ここ半年ほどは医者からも見離され、自宅で寝たきりの生活だったということだった。

「本人も自分の死を予感していたのか、君のことばかり話していたんだ」

この話を聞いた時、幸太郎は深い呵責の念にさいなまれたのだった。自分が梅を死に追いやったような気さえした。もっと愛情をかけてやるべきだった。なぜもっと優しい手紙を出してやらなかったのかと、自責の思いで胸がいっぱいになった。幸太郎は梅の位牌に手を合わせ、深く頭をたれてしばらくの間祈った。


二年ぶりに沢町の繁乃の元に帰ると、幸一はすっかり大きくなり、六歳になっていた。幸太郎を見て、「父ちゃんおかえり」と言った。幸太郎は黙って笑っていた。幸一は終生、十六歳の差がある幸太郎を兄と呼ぶことはなかった。長じて父ではないとわかっても、幸一は、父ちゃんと呼び通したのだった。

幸太郎は「おっ母さん、これからもまた野田で勤めることになるので、給料は毎月きちんと届けるから、もう苦労はさせないよ」と言った。繁乃は黙って頷いた。繁乃はこの二年間子供を育てるため、懸命に働いた。一年中季節季節の魚を干物にして、売り歩いたのだった。

番頭

幸太郎は以前のようにまた住み込みで働いた。沢町の実家から駅前の野田運送店まで歩くとどうしても小一時間はかかるのと、朝の早い商売であり、住み込みは致し方がなかった。そして幸太郎が帰ってきてからは、店は以前にもまして繁盛したのだった。

この後二十九歳まで勤務する。野田商店には、十九歳から二十九歳まで十年間籍を置いたのだった。辞める時、給料は二十円だった。当時サラリーマンの最高給料は十三円だった。町の人々は野田商店は、番頭の黒田でもっていると噂した。通産十年の間に野田商店は一大財を成したのだった。

幸太郎は相変わらずたびたび集金に歩いた。幸太郎はなかなかのお洒落で、秋も深まったころ、濃紺のセルの単衣に白地の博多帯を締めて掛取り長を腰に町を歩くと、またまた裁縫所の娘たちが大騒ぎをしたのだった。

途中よく実家に立ち寄り、母の元へ顔を出すと「幸太郎が今日あたり寄ってくれるのではないかと思って、お前の好きなさつま芋を蒸かしておいたよ」と言った。ふかしたての芋の温かさと、やわらかい甘さが、優しい愛情のように幸太郎の心の中に広がってゆく。と同時に、さつま芋とともに、兄小三郎の遠い記憶がよみがえるのだった。

幸太郎は、小三郎のことを思うと悲しくなる。

「おっ母さん、小三郎兄はどうしているかね」

「お前も知っての通り黒田の養子にしてやり入隊はしたが、あの子は明きめくらで字の読み書きができないので軍隊からは一度も手紙が来なかったが、除隊した時に訪ねてきたんだよ、その時の話だと、黒田繁乃の養子になる前は、戸籍が無いので、結局捨て子ということになり、軍隊でも捨て子あつかいで、おまけに明きめくらだから随分苦労したらしいよ。二、三年前、ひょっこり帰ってきたけどそれ以来どこでどうしているか、そのうちまた気が向くと帰ってくるさ」

小三郎が黒田家へもらわれてきたのが数え年十三で、幸太郎六歳の時であったから、もうそろそろ二十八、九になっていることだろうと思うのだった。

繁乃は小三郎の他にも、捨て子同様にたらい回しにされていた、サダという十二、三歳の女の子を引き取って育てていたことがあったが、このサダも流れ者で、十六、七になったころ突然いなくなり、やがて数年経ったころ繁乃の元へ来て、結婚するので戸籍に入れてほしいと言ってきたのだった。この時も繁乃は、サダを養女として入籍している。

母と息子はさつま芋を食べながら、思い出話をしたのだが、しかし父幸造の話はしなかった。父のことを話すと苦しくなるので二人はあえて話さなかった。

その時、幸一が学校から帰ってきた。一年生になっていた。

「あっ、お父っちゃん、来てたのか」と嬉しそうに大きな声で言って、芋を食べながら早口で学校のことや友達のことを話すのだった。そして外へ飛び出して行った。

まもなく二、三人の友達を連れて戻ってくると、上がりがまちに腰掛けている幸太郎を指差し「ほら、俺んちにもお父っちゃんがいるだろう、だから俺は父無《てて》し子なんかじゃないんだぞ」と言った。

戸口に立ってじっと幸太郎を見ていたわんぱくっ子たちは一瞬複雑な表情をした。

幸太郎は立ち上がると、子供たちに近づき、「幸一と仲良くしてくれよ」と言って芋を一つずつ手渡した。

子供たちの一人が「うん、もう父無し子なんて言わねー」と言うと、「俺も言わねえ、言うやつがいたら俺がやっつけてやる」と年かさの子が言って、幸一と一緒に飛び出して行った。

繁乃は幸太郎に「済まないね」とつぶやいた。

「おっ母さん、もうそのことは気にすることはないよ、幸一はいい子だしおっ母さんが肩身を狭くしてたんじゃあ子供が可哀そうだよ」

「ああ、わかったよ、そうだね」

「じゃあ、おっ母さん、また来るよ」と言って、冷たい秋風の吹き始めた道を店へ向かった。

幸太郎は歩きながら思った。幸一は幸一なりに友だちから嫌なことを言われて、小さな胸を痛めていたのだと知ると、幸一のことが一層いとおしく思うのだった。


こうして大正二年が終わり、幸太郎は二十三歳となった。明けて三年、この年も雪の深い年であった。町の人々は鰊漁のことが心配で、挨拶は「鰊が来るかねー」「大漁だといいがねー」と言うのである。その年によっては漁が少ない年もあるので、皆心配なのである。その年の漁の多い少ないによって、町の経済の動きが大きく影響されるからである。

俵装した製品の運送

二月に入ると例年のように東北、方陸方面から、やん衆たちが毎日余市駅に降り立ち、それぞれ契約している網元の番屋へ住み込むのである。

町の人々は、やん衆たちのことを「今年も神様たちがおいでなすったね」「いよいよ神様の御《ご》入来《じゅらい》だ」と言う。彼らは鰊漁にかけてはプロなのである。毎年この時期何十年と北海道へ出稼ぎに渡って来て、二、三、四月の三か月の間に、それぞれ大金を懐にして故郷へ帰って行くのである。

この頃は野田運送店も最高に忙しい時期を迎える。

網元から鰊を買い付けた業者は、浜のその場で鰊箱という木箱に詰め荒塩をして、釘を打ち、荒縄をかけて荷札を付けて、一刻を争って北海道全域はもちろん、本州にも送るのである。その貨車の手配から、連絡船の手配、時刻の調整と貨車の獲得等、各運送店は戦争のような忙しさである。この時期こそ運送店の番頭の腕の見せどころである。

鰊場には、特別な職業がある。鰊を山積みして港に入ってくる、はしけといわれる大きな船に板梯子をかけて浜に運ぶ、もっこ背負いといわれる仕事である。もっこ、とは木製の箱のようなものである。

他にも、鰊箱を専門に迅速に届ける、箱屋と呼ばれる職業、鰊を箱詰めしたものに蓋を

鰊を鰊箱に詰める　もっこ背負いが頭を下にしてもっこをひっくり返して鰊を箱に流し込む

もっこ背負い　鰊を陸揚げするための木箱を背負って、船と倉庫・処理場を往復する（『鰊』〔徳田益庸・余市水産博物館〕より）

して釘を打ち荒縄をかける、荷造りと呼ばれる職業などがある。

一方、鰊の加工業者は、出面といわれる日雇い人を抱え、生鰊の内臓を取り出したものを十匹ほど束ねて、丸太を組んだ千場にかけて干す。そうして干しあがったものが身欠《みがき》鰊《にしん》といわれるものである。

この身欠鰊は保存食でもあるので、全国に売られる。また数の子は高価で取り引きされる。干し数の子は、保存食と同時にお正月用として珍重されるため、遠く関西や大阪あたりの商人も余市へ買い付けにやってくる。

この時期、町は活気に溢れ、札束が乱れ飛ぶと言われるのである。したがって花街も大変な賑わいであった。

縁談

多忙な鰊の時期が一段落した五月のある日、野田の主人が、「黒田さん、あんたが一生懸命やってくれるので、今日はあんたを慰労したいんだ、付き合ってほしい」と言って、桜小路という花街一番の料亭へ招待してくれたのだった。その席へあらわれた芸者菊奴こと島田トシと幸太郎はやがて恋仲になるのである。菊奴は背のすらりとした小粋な女で、俗にいう小股の切れ上がった芸者であった。

その頃幸太郎の月給は十六円でなかなかの高給取りであった。幸太郎は仕事が終わると、時々菊奴との逢瀬を楽しんだ。しかし幸太郎は、菊奴とはあまり深い仲にならないよう、自分自身に言い聞かせていた。

そしてこの年も終わり明けて大正四年となり、いつものように忙しい毎日を送っていた。

その頃、町では最優秀模範青年を一人選出し表彰することとなり、幸太郎が選ばれたのである。余市町長御厨《みくりや》三郎氏より金一封と記念品を授与されたのだった。この時記念品として授与された南部鉄瓶は第二次世界大戦の折、国に供出したのだった。

そんなある日、幸太郎は久方振りに菊奴に逢った。実は幸太郎は毎日でも逢いたいと思ったが、どうせ別れる運命なんだからと我慢をしていたのだった。

菊奴は幸太郎の顔を見るなり、「幸さんどうして、もっと早く来てくれなかったんです」となじった。

「幸さんわたしを、おかみさんにしてください。わたしはもうこんな水商売は嫌なの、わたしの性に合わないのよ、お願いだから、きっといいおかみさんになります」と涙を浮かべて言うのだった。

「菊奴、わたしの方にはいろいろと事情があるので、今しばらく時間をくれないか」と言った。幸太郎は悩み続けた。

芸者との結婚など、母繁乃が絶対に許すはずもないし、少女のころから水商売につかって生きてきた菊奴が、母とうまくやっていけるとも思えない。

そんな大正四年の秋風が吹き始めたある日、生活費を届けるために母のところへ行くと、母が切り出した。

「お前の縁談のことだけど、いい娘がいるんだよ、時々道で会うけど、なかなか愛想のいい娘だよ」

「おっ母さん、わたしはまだ嫁をもらうつもりはありませんよ」

「ちょっと耳にしたんだが、お前近ごろ芸者とねんごろになっているという噂だけど、どうなんだい」

「おっ母さん、そのことなら心配いらないよ、店の主人に連れられて二、三度行った座敷で呼んだだけだから」と嘘を言った。菊奴のことは、母には知られたくなかった。

「そんならいいんだけどね、さっきの娘のことなんだけど、学校も高等四年まで行っているし、裁縫所へも三年も通って、何でも縫うしお茶、お花もできるということだよ」

「おっ母さん、もう少し待ってくれないか」

と言って外へ出たが、母は娘を気に入っているようだ。

話によると娘の家は提灯の製作と文房具を商う家の娘で、店は五間間口《けんまぐち》の大きな家だということだった。その娘の母親と繁乃がよく銭湯で顔を合わせて挨拶を交わす間柄だということで、どちらからともなく、息子の話や娘の話が出て、「うちの娘をもらってください」ということになったということだった。そういえば先ほど母が集金袋の中へ娘の写真を入れていたが、幸太郎はついぞ開いて見ることはなかった。

しかしその後も母のところへ立ち寄るたびに縁談のことが持ち出され、決断を迫られていたのだった。

菊奴とは時々熱い逢瀬を重ねていたが、縁談のことは話さなかった。菊奴は、この頃は諦めたのか、おかみさんにしてくださいと言わなくなった。そして自分の悲しい運命を、ぽつりぽつりと話すのだった。十二歳で芸者置屋に売られ、その後は両親には会っていないということだった。秋田の生まれということだが置屋からまた置屋へと転売や鞍替えをさせられて来たということである。

幸太郎は、できることなら妻として迎えてやりたいと強く思ったが、それはできないことであり、あきらめて菊奴と別れることを心にきめたのだったが幸太郎は苦しかった。菊奴のところへはしばらく行かなかった。こうして大正四年も終わり幸太郎は満二十五歳となった。


明けて五年の正月、実家に寄ると、母が「あの縁談のことだけどね、返事を聞かれているんだけど、どうするかね、いい娘だから断るのももったいないないと思うよ」と言った。

しかし幸太郎は決心がつかず、「おっ母さん、もう少し待ってください」と言って、この日は、そそくさと用事があるからと言って帰ってきたのだった。

その一月の末、寒さは厳しいがよく晴れた日であった。昨夜来の雪はすっかり止み、陽の光が雪に反射してキラキラとまぶしい。

幸太郎は、正月二日の初荷の集金に出かけてきたのだった。当時流行《はやり》の刺子で作った外套《バッリ》を羽織り、海岸沿いの道を沢町の方へ向かって歩いて行った。雪は四、五十センチほど積もっていて、馬橇や、人の足跡で道の真ん中だけ、雪が踏み固められていた。人がすれ違う時は互いに道を譲り合って通るのである。幸太郎は道の向こうから、黒っぽい角巻（雪国の女性の羽織る大きな襟巻状のもの）を着た女性が歩いてくるのに気付き、道の片側に寄って立っていた。

するとその女性は、幸太郎の前でぴたりと立ち止まると、「黒田幸太郎さんですか」と言った。幸太郎はもしやと思いながら「はい」と答えたが、頭の中はぐるぐるとフル回転していた。

「わたしが今あなた様との縁談が持ち上がっている中山咲《さき》です。まだお返事はいただいておりませんが、この話はどうなるのでしょうか」とはっきりした口調で言ったのだった。

幸太郎は、母から渡された写真を頑固に開いて見ていないので、この時初めて咲の顔を知ったのだった。

幸太郎は「このようなところでの立ち話も何ですから、海岸へでも降りてみませんか」と言って雪道を踏み固めながら砂浜へ出た。

この頃はもうゴムの長靴が一般に普及していた。幸太郎が道をつけた跡を、咲は爪皮のついた雪下駄で後に従った。幸太郎は歩きながら瞬時に決心をした。

こんなところで巡り合うことになったのも運命だろうと思ったし、彼女も女の口から言うということは、随分と勇気の要ったことだろうと思い、女に恥をかかせてはいけないと思いながら砂浜を歩いた。

冬の海にしては珍しく穏やかであった。

二人はしばらく並んで黙々と歩いた。

咲は幸太郎が何と返事をするのかと、全身で返事を待っているように感じられた。

考えてみれば、咲との縁談を母から聞かされたのは、昨年の秋の初めのことだった。あれから、足掛け五か月の月日が経っている。その間母から何度か、返事の催促をされたがいつも幸太郎は、「もう少し考えさせてほしい」とか「もう少し待ってください」と言って引き延ばしてきたのだった。それは幸太郎の心の奥に、菊奴への思いが強く残っており、結ばれない運命だとわかっていても、どうすることもできなかったという思いがあったためである。頑なに咲の写真を見なかったのも、見るということは菊奴への背信になるように思われたからだった。

幸太郎は意を決して言った。「この話は後日人を介して正式に御返事いたします。決して悪いようにはいたしません」と諸々の思いを断ち切るようにきっぱりと言った。幸太郎はなぜこのような言葉が口をついて出たのか後々まで不思議だった。そしてこれが運命というものなんだと思った。

咲は黒田幸太郎との縁談を母から聞かされた時、内心嬉しかった。裁縫所の娘たちの噂にはよく幸太郎のことが話題になっていたし、窓から顔を出して見るようなはしたない真似はしなかったが、でも何度か遠目で見ていたのだった。その上最近、余市町一番の模範青年という折り紙つきとなれば、若い娘の関心が高いのは当然である。

咲は提灯の製作販売と文房具を商う店の末娘で、豊かに育ったため、女一通りの習い事を身につけていた。余市の町に電気が設置されたのは早く、大正七年頃であったが、人々は便利な提灯を使用し、また余市に一軒しかなかったということもあって、店はつねに繁盛していた。

咲は明治二十五年六月の生まれで、決して美人ではなかったが、丸顔色白の可愛らしい娘であった。幸太郎とは二歳下である。

咲の父親は歴とした武士の出で、かの幕末戊辰戦争の折には越後長岡藩を率いて戦った烈士河合継之助の配下として薩長軍と戦った。やがて廃藩置県となり、咲の父親中山氏は職を求めて函館に渡り、函館の提灯屋で数年修業を積み、明治十五年頃余市に出店したということである。中山氏は昭和五年他界するが、生涯髪を丁髷《ちょんまげ》に結い通し、正座し続けあぐらを組むことはなかったという。

咲は縁談の返事がなかなか来ないので、プライドを傷つけられた感じがした。たぶん二つ返事で縁談がまとまるものと思っていたので、内心いらいらしていたのだった。そのような折、雪道で偶然幸太郎に遭遇し、思わずあのような言葉が出たということである。

その後縁談は順調に進み、結婚式は六月と決まった。

菊奴は「幸さんすっかりお見限りだったのね、会いたかったわ」と言うと悲しそうに泣き出した。「幸さんは、手紙を出してはいけないと言うし、店へも来てはいけないと言うでしょ、だから連絡のしようがないから、今日は来てくれるか、明日は来てくれるかと毎日待っていたんです」と言うと子供のように泣き続けるのだった。

今はもう三月も半ば、窓の外は音もなく牡丹雪が降り続いている。

「菊奴わたしだってお前に会いたいと、どんなに思ったことか、でもわたしの方には、いろいろな事情があってね、ほんとうに苦しかったんだ、勘弁しておくれ」

「幸さんいろいろな事情って何ですか、もしかして結婚話ですか」と不安そうに言った。

幸太郎は黙って菊奴の手を取ると目をじっと見詰めて「堪忍しておくれ、許しておくれ」と言った。幸太郎の目には涙が光っていた。

「幸さんやっぱりおかみさんを、もらうんですね、どんな女《ひと》ですか、わたしに会わせてください」と駄々をこねた。

「実は母がわたしの知らない間に決めてしまった女性で、母が気に入っているんだ。母は夫を亡くして以来苦労してきたので、嫁だけは母の気に入った女《ひと》をもらってやりたいと思っていたんだ、どうか堪忍しておくれ」

二人は手を取り合ったまま、その後何も話さなかった。菊奴はいつまでもすすり泣いていた。長い間泣いていた菊奴が、「幸さん、結婚式はいつですか」と言った。

「まだ決まっていないんだ、それに好事魔多しって言うだろう、だからどうなるかわからないよ」と菊奴に対して気休めを言うのだった。

すると菊奴は「幸さんわたし鞍替えしようと思うの、そうね、砂川か滝川あたりへでも行こうと思うの。幸さんと会えないのなら、余市にいても仕方ないもの、わたしは、こうして一生流れて行くんだわ」と自嘲的に言うのだった。幸太郎は自分が責められているように思った。

「わたし、余市へ来て丸二年になるんです。そして幸さんに会えて、本当に嬉しかったわ、一生の思い出にします。もう幸さん以上に好きな男には巡り合うことはないと思うの」

「菊奴、わたしもだよ」

「幸さん、今夜が最後なのね」

「ああ」

外は深々と春の雪が降り積もっている夜だった。

幸太郎は菊奴と悲しい別れの後、苦しい思いを忘れようとして懸命に働いた。

鰊漁が一段落した大正五年六月十五日、黒田幸太郎と中山咲は結婚式を挙げた。幸太郎二十六歳、咲二十四歳であった。

会場は駅前の小さな割烹旅館である。

幸太郎は仲人を誰にお願いしようかと悩んだ。余市には親戚、知人もいないので、そうかといって店の主人にお願いしたら嫌みになるしなど考えた末、町長の御厨三郎にお願いすると、「余市一番の模範青年の仲人ができるなんて大変嬉しいことである」と言って快く引き受けてくれたのだった。

出席者は町長夫妻、野田店主夫妻、咲の両親そして母繁乃、これで全員である。

始めに町長の謡曲高砂で始まり、幸太郎は厳粛な気持ちがした。

母繁乃は時々手拭で目頭をおさえていた。夫幸造亡き後、母と息子はいろいろと苦労をしてきたのだった。繁乃は思った。幸太郎はいろいろな苦労にぶつかったが、くじけないでよくここまで立派に成人してくれたと思った時、嬉し涙が込み上げてきたのだった。幸造が生きていたら、どんなに喜ぶだろうと思うのだった。

新居は駅に近い横丁の小さな一軒家である。野田商店に近いので、幸太郎は毎日咲の手作り弁当を持って出勤した。

こうして大正五年は終わり六年を迎える。

独　立

店は相変わらず忙しく繁昌していた。

近年運送店が増えて、大小合わせて七、八軒もあり、みな顧客の獲得に気を使っていた。しかしその中でも野田運送店は一番評判もよく、仕事も早くて確実だといわれていた。ある時店にきた客が店主に向かって「野田さん、あんたはいい番頭さんがいて幸せだね、黒田さんは、さすがに余市一番の模範青年だ」などと言い、よい使用人を持っているということで、同業者から羨ましがられていた。

この年は鰊漁は、大漁とまではいかなかったが、町の経済はそこそこ潤っていた。しかし秋になると毎日雨降り続きで、秋の長雨であった。長雨になると、当時舗装されていない道路は泥濘《ぬかるみ》がいたるところにできて歩きにくく難儀をしていた。

その雨の中幸太郎は毎日集金に歩いていた。ある日そこへたまたま、皮の長靴を商人が売りにきた。靴の値段は十五円ということであった。

子供のころ父幸造が小樽から買ってきた時も十五円だったと幸太郎は思い出していた。

この時幸太郎の月給は十八円であった。しかし世帯を持っている身としては十五円は痛い出費なので、店の主人に恐る恐る、「靴を買ってくれませんか」と頼んだ。

すると主人はそっけなく一言「金がない」と言ったのだった。

この言葉には幸太郎は驚いた。店は毎年黒字続きなので店を拡張したり、従業員も増やしたりしており、家族も随分と贅沢をしているわけで、主人の「金がない」というのは、出し渋りとしか考えられない。金があるかないかは、帳簿をつけている幸太郎が一番わかっているのに、店主はそのような見え透いた言葉を発したのであった。

だが幸太郎は何も言わなかった。

何年か前、店の商売が繁昌し、大きく黒字になった時主人が「黒田さん今日あるのは、みんなあんたのお陰ですよ、いずれ暖簾分けをして店を出し、そちらを任せるつもりでいるから、これからもよろしく頼みます」と言ったことがあった。しかし幸太郎もその言葉を真に受けているわけではないが、最近は特に言うことが少しずつ変わってきたのだった。

ということは幸太郎が咲と結婚したためと思われるのである。幸太郎が入隊前に仮祝言を挙げた姉娘の梅が病で他界したため、店主夫婦は妹娘のソノと結婚してほしいと考えていたようであったが、自分たちの思い通りに行かなくなった今、幸太郎に対して冷たく接するようになったのである。しかし幸太郎は気付かぬ振りをして、黙々と以前にも増して働いた。何とか野田とは円満に暇を取りたいと思った。

こうして年も終わり大正七年を迎える。

何とか独立をしようと思ったが、資金が必要なので、あと一年以上は辛抱をして何とか少しでも貯めなければと決心をしたのだった。

その後よく働く幸太郎を見て、店主も反省をしたのか月給を二十円に上げてくれた。七年三月には、長男正男が誕生した。幸太郎はこの子のためにも、何とか独立して大きく発展をしようと思ったのだった。

正男は鰊漁の真最中に生まれた。毎日忙しく朝早く家を出て夜遅く帰るため、いつも寝顔を見る毎日だったが幸太郎は幸せだった。

光陰矢のごとしとか、大正七年も終わり大正八年を迎える。大正八年も、そこそこ鰊漁は豊漁で幸太郎は忙しく働いた。

長男の正男はこの三月で満一歳となり、可愛い盛りを迎えていた。

鰊漁が一段落をした六月、幸太郎は店主に、

「御主人突然ですがお暇をいただきたいのですが」と言った。

「えっ、暇をくれって、その後はどうするんですか」

主人は全く予期していなかったことだけに驚いた様子だった。

「はい、商売を始めようと思っております」

「何の商売ですか」

「まだそれはわかりません」と言った。しかし幸太郎の心はすでに決まっていたのだがあえて言わなかった。

店の主人は内心穏やかではなかった。今ここで黒田がどこかで運送店を始めれば、顧客がみんな黒田の店の方へ行ってしまうのは火を見るより明らかなことである。現在の御得意さんは黒田が獲得したものだから、これは大変なことになったと思ったのだった。主人は、月給二十円という高給をやっているのだから、今それを捨てて暇をとるなどとは想像だにしなかったのだった。

「黒田さん、今一度考え直してはくれないだろうか」と言った。

幸太郎は「ありがとうございます、しかしわたしもお陰さまで足掛け十年勤めさせていただきましたので、このへんが潮時だと存じますので」

「後一年勤めてくれないだろうか、悪いようにはしないから」と引き止めた。

主人は思った、黒田が辞めた後、小僧が一人いるが、これは役に立たないし仕事もできない。自分はもう年をとってしまって、黒田のようには働けない。今更ながら幸太郎の働きの大きさを知ったのだった。

「御主人、お店のことは大丈夫ですよ、お得意さんがついていますから、今までの信用がありますから」

「仕方ないね」とやっと諦めたのだった。

「御主人、十年間本当にお世話になり、ありがとうございました」

と言って円満に別れたのだった。

幸太郎は駅前の野田商店から少し離れた大川商店街にちょうど空き店があったので、そこを借り食料品を商う店を始めることにした。しかし資金が足りないため、店に並べる品物を調達することができず、安くて嵩《かさ》の多い麩《ふ》を店いっぱいに並べ、麩の専門店を始めたのである。

運送店とは全く畑違いの商売を始めたのだった。今ここで幸太郎が十年間培って馴れた商売を始めれば、顧客がみんな自分のところへ来ることはわかっていた。それでは野田運送店を潰すことになり、人々から「黒田は主家を潰した」という世間の誹《そし》りを受けることになるため、あえて厳しい道を選んだのであった。

しかし商いは細々としたものであり、将来が心配だった。何とか商いが繁昌するようにしなければ、繁昌するようになったら、母と弟を呼び寄せてやりたいと思う毎日だった。人々は「黒田さんは気の毒だ」「あのような店では、食べて行けないだろう」「野田を思って敢えて、あのような店を出したんだな」などと噂した。

そんなある日、幸太郎の店のまん前で古着商を商っている鶴井商店の主人がやってきた。幸太郎とは縁もゆかりもないのに、「黒田さん、わたしがひと肌ぬごう、わたしに任せてほしい」と言った。幸太郎は、この時ほど人の情けに感動したことはなかったのである。

鶴井氏は商店街の旦那衆の元を訪ねて、「黒田のために協力してほしい」と説得して回り、こうして無尽講をつくってくれたのだった。無尽講とは会員が毎月定まった金額を持ち寄り、金の入用の者が全額借りることができ、後は毎月掛け金で返済する制度である。

幸太郎はこの資金を元手に食料品店として、あらゆる食品を販売することができるようになった。米、味噌、醤油、酒、缶詰類、塩、砂糖、果実、野菜等、あらゆる食品を店いっぱいに並べることができたのだった。

妻の咲は、もともと商人の娘なので商売が好きだった。子供を育てながら嬉々として働いた。特に小柄で色白丸顔の咲は、愛嬌がいいということで日増しに客も増えていた。幸太郎は注文の品の配達に大わらわだった。こうして店は繁昌した。

この時大正八年晩秋、やがて幸太郎二十九歳を迎える直前のことであった。

秘密

大正九年を迎え、二月に入ると鰊漁に備えるため、網元から大量の食料品の注文が入る。米、味噌、醤油、酒等、幸太郎は毎日何軒もの網元の番屋に食料品を運んだ。

支払いはみな鰊漁が終わった五月である。咲は身重であったが、臨月の身でよく商売に協力した、こうして三月の初め長女が誕生する。店は繁昌し、大きく黒字となった。

この年秋、幸太郎は母繁乃と弟幸一を呼び寄せた。この時、母五十五歳、弟幸一は十三歳であった。咲はよく義母に仕えた。

幸太郎は翌年の大正十年には、海産物移出業を営んだ。店の商いと二足の草鞋を履いたのだった。扱う海産物は、あらゆる海産物で、身欠鰊、昆布、鯣《するめ》、数の子等を全国に移出したのだった。幸太郎は毎日が充実していた。やがて三十歳を迎えようとしている、働き盛りの輝いていた時期であった。

大正十一年、十二年と食料品店、海産物移出業もすべて商売は順調で幸せな日々であった。

十二年の六月、幸太郎は、旭川第七師団に三か月入隊することになった。在郷軍人として第一回の除隊より十年経った時期、再び軍事教育をするため入隊を義務付けられていたのである。幸太郎は妻の咲に商売のこと、家族のことをすべてまかせて入隊したのだった。幸太郎三十三歳の初夏のことであった。

入隊してより毎日忙しく訓練が続いていたある日、班長が「黒田、面会人が来ているぞ、行ってこい」と言った。

幸太郎は面会所まで行く間に、不思議で仕方がなかった。一体面会人とは誰なのだろう。全く見当もつかなかった。

面会所に入って行くと、背の高い見知らぬ若い男が幸太郎の側へ歩み寄り、突然、

「兄さんですか」と言った。

「わたしは、あなたに兄さんと呼ばれる覚えはありませんが」

「いや確かに兄さんなんです、わたしは高岡弘と申します」

「わたしと高岡さんはどういう関係があるのですか」

幸太郎は何が何だか理解ができなかった。

「わたしは黒田幸太郎ですよ」

「はい幸太郎兄さん、実は兄さんは、わたしの両親の高岡敬三郎と春の間に生まれた長男なんです」

「えっ何ですって、わたしが高岡の」と言ったきり幸太郎は絶句してしまった。

頭の中は真っ白になり、ぐるぐると取り止めもないことが前後して思い出される。

母繁乃はいったい誰なのか、母はいままでに何度か「坊わたしはお前を産む時は難産でね、その上お乳が出ないので毎日お前をおぶって、遠くまでお乳をもらいに歩いたのだよ」と言ったのは、あれは一体どういうことなんだ。

弘がしきりに何か言っているが、幸太郎には聞こえていなかった。

しばらくして幸太郎がやっと「どうしてわたしは黒田の人間になったのか」と言うと、高岡は答えた。

「黒田さん夫婦にはあのころ子供がいなくて、ちょっと赤ん坊を貸してほしいといったまま連れて逃げたのです」

「えっ、わたしの両親がわたしをさらって逃げたですって」

幸太郎はあまりの話に、驚きのあまり軽いめまいを覚えたのだった。

すると弘は、幸太郎の衝撃があまりに大きいので、言い直した。

「さらって逃げた訳ではないのですが、その時、父が欲しかったらくれてもいいよ、と言ったらしいのです、母には相談もなしに」

「するとわたしは高岡家の長男か」

「はい、そうです」

「長男のわたしをくれたのか、何てひどい親なんだ、欲しかったらくれてもいいだなんて、それではまるで品物じゃあないか許せない」

「昔のことはこらえてくださいい、今は年老いた両親に生きている間に会ってやってください、父も若気の至りだったと悔やんでいます」と弘は済まなそうに言った。

さらに弘は懇願するように言った。

「現在両親は釧路におります、会いたがっております。特に母は会いたい、会いたいと、毎日兄さんの話をしない日はないのです。長い間探し続けていたのです、どうか除隊の時、少し遠回りをして釧路へ寄ってくださいませんか」

しかし幸太郎は、悲しみと怒りをこらえて、きっぱりと言った。

「わたしには現在余市にいる、黒田繁乃のほかに親はおりません、ましてその親が生きている間に会って親子の名乗りをするなどはできない、帰って伝えてください」

こうして幸太郎は、終生、生みの両親とはついにこの世で相まみえることはなかったのである。

会ってみたい気持ちもあった。

会って心の丈を話したいとも思った。

しかし幸太郎の母繁乃に対する義理と愛情がそれをさせなかった。

何よりも長男である自分を手放したことに対する怒りで、生みの父を許すことができなかったのだった。

やがて三か月が経って秋風が吹き始めた九月半ば、幸太郎は余市へ帰ってきた。

長男正男五歳、長女信子三歳はちょっと見ない間にずいぶん大きくなっていた。

母の繁乃も咲も元気に笑顔で迎えてくれた。幸太郎は家族ほどいいものはないと今さらながら思った。

帰宅して幾日か経ったある日、幸太郎は少し逡巡したが思い切って母に問いただした。

「おっ母さん、これからわたしが聞くことに対して本当のことを言ってほしいのだ」

するとと繁乃は怪訝そうに、

「何のことかね」と聞き返した。

「わたしは、おっ母さんの子ではないのか」

「何を言うんだ、何でそんなことを」と言うと繁乃の顔が曇って少し歪んだ。

「おっ母さん、高岡という人を知っているか」

「ああ」

「先日旭川へ高岡弘という、わたしの弟だという男が訪ねてきて、わたしの両親が釧路にいると言ったんだ」

「おっ母さん、わたしは本当に高岡の子供なのか」と聞いた。

すると繁乃はじっと下を向いて、長い煙管《きせる》で黙々と炉の灰を、ただただかき回しているばかりだった。

幸太郎はそれ以上は聞かなかった。

そして二度とこのことを口にすることはなかったのであった。

食料品販売の店は繁昌していた。咲は商人の娘だけあって、客扱いがうまく、また高等四年まで行ったということで、読み書き算盤も達者で、留守の間をしっかり守っていたのだった。入隊する時、咲が大変だろうと思って、小僧を一人と女中を一人雇って行ったので、何とか切り抜けたのだった。

そんなある日、咲が急に思い出していった。

「ごめんなさい。忙しかったので忘れておりました。あなたの留守に高岡さんという方が訪ねてきて、自分は黒田さんとは内地で同じ郷の越中長岡出身の者です、いま黒田幸太郎さんはどちらにおられますかと聞かれましたので、こういう訳で旭川へ行っておりますと言いましたら、それではこれから行ってみます、と言ってましたが行かれましたか」

幸太郎は「ああ、来たよ、同郷だというだけで別にどうということもない人たちなんだ」と言って、それ以上は話さなかった。

弟幸一は十七歳になっていたが船舶航海士の免許を取得したいといって、室蘭の訓練学校へ行っていて留守だった。

こうしてこの年も終わり、やがて大正十三年を迎える。

苦闘

毎年のことながら、網元は鰊漁に備えて大金を用意しなければならない。

正月が明けると網元は、冬の間の船の雪囲いを外し、船の修理、新しい網の購入、やん衆たちの賃金、飯炊きといわれる賄《まかない》人の雇入れ、大量の食料の調達などに追われる。

しかしいくら多額の出費があっても、鰊が大漁となれば、そんな借金は一夜にして帳消しになるのである。鰊様々である。

明治、大正、昭和と余市の町は潤い、一番よい時代を過ごしたのであった。

網元の親方は競って豪邸を建築し、銘木を使ったり彫刻を施したりと、贅を尽くしたのであった。その中でも最もすばらしいといわれ、文化財に指定されている余市の網元、□三猪俣《かくさんいのまた》の豪邸は、鰊不漁続きで倒産し昭和十三年小樽の資産家に買い取られ、現在は割烹旅館銀鱗荘として営業している。

大正十三年の一月半ばになった頃、幸太郎は網元や漁師等合わせて二十数軒に借金を申し込まれ、投資金八千円を貸した。

網元、漁師に投資するということは、一つの賭けである。天は時として人間に過酷な運命を科す。この年、思いもかけず鰊は大不漁であった。

このような不漁はいままでかつてなかったことである。このため投資金は回収できず、また大量の食料品の代金も未納となった。

幸太郎は小樽の食料品の問屋に支払いの延期を頼むとともに、あと一年食料品を卸してくれるよう頼んだ。問屋は幸太郎を信用して、食料品をその後も送り続けてくれた。

苦しい年であったがこうして大正十三年は終わり、明けて十四年となる。

この年もまた投資金は回収されないまま、大量の食料を網元、漁師につぎ込んだ。

去年の八千円という、今で言えば何億にも換算されるであろう大金を回収するには網元や漁師に活躍してもらわなければならない。そのためには大量の食料を後払いで貸すより仕方がないのである。

幸太郎は天に祈った。

しかし天はどこまでも非情であった。

大正十四年もまた鰊は大不漁で投資金は全く回収不能、二年連続食料品の多額にのぼる代金も未納という、最悪過酷な運命の仕打ちを受け、自らもまた倒産したのであった。

幸太郎は、あれこれと悩み続けた。

小樽の問屋数軒の支払い金二年分数千円をどうして返済したらいいのか。数千円といえば莫大な金額である。小樽の問屋を一軒一軒訪ねて返済を先送りしてくれるよう頼んでみようか、いやそれでは問屋に対して申し訳がないなど、この先どうしたらいいのか見当も付かなかった。事実、小樽の問屋の何軒かが返済不能の商人のため倒産したと噂された。

幸太郎は幾日か考え抜いた末、一つの結論に達した。

この上網元に掛け合ってみたところで、一円の金も返済してもらうことは不可能である。もうあの金は成り行きにまかせよう。

幸太郎はくじけなかった。

まず店いっぱいに仕入れていた商品を全部売りつくし現金化した。

そうしている間にも、問屋からは矢のような催促が届く。無尽講よりできるだけ、金を回してもらって数千円の金を工面し、小樽の問屋の支払いを全部済ませたのだった。

店には商品が何もなくガラ空きである。手元には明日の米を買う金もなかった。無尽講への月々の返済金は多額にのぼった。

幸太郎は思った。

「この強い肉体と精神があれば何とか乗り越えることができるだろう」

「そうだ、いざとなれば大八車を引いて商いをしたっていいんだ」と。

以後六年間、昭和六年まで、幸太郎にとって苦闘の日々が始まったのであった。人生で一番辛い時代であった。

町の人々は噂した。「黒田さんはこの先どうするのかね、多額の借金を抱えているらしいし」「店には商品が何もないしね」などと町の旦那連中の話題に上った。

幸太郎はなり振りかまわず働いた。

近郊の仁木村（現在は仁木町）や銀山村などの村々へ、鮮魚の行商を始めたのだった。無尽講への月々の多額の返済を抱えて、幸太郎は必死で頑張った。

毎朝暗いうちに起きて魚市場で魚を競り落とし、大きな背負い籠いっぱいに詰めて、それを背中にかつぎ、余市駅まで二キロの雪道を、全速で駆け抜けるのである。

一番列車五時二十五分の上りに間に合うようにひたすら走り続けるのだった。朝五時というと冬の朝はまだ薄暗い、明けやらぬ道を白い息を吐きながら駆けるその額には汗が光っていた。

昨日までの福々な商店主が、今日は一介の行商人に落ちぶれて、借金と家族の生活を抱えて苦労した。

近郷近在の農家へ雪道を何キロも歩いて、一軒一軒売り歩く毎日であった。農家であるから、点在している。やっと辿り着いた家で必ず魚を買ってくれるとは限らない。鮮魚であるから売り残すことはできない。全部売り切るまで、何軒も、何キロも歩いた。だから帰りはいつも夜であった。春夏秋冬、一日の休みもなく、幸太郎の苦闘が続いた。雨が降ろうが、嵐がこようが、雪が降ろうが、一日の休みもなく朝街を駆け抜ける幸太郎は当時町の名物にさえなっていた。

初めの一、二年は人々は面白半分に「魚の行商なんていつまで続くことやら」とか「きつい商売だから続かないだろう」などと言い合った。

そんな父の苦労を見ていた長男の正男が、ある日母親の咲に言った。正男はその時旧制中学の一年生になっていた。

「母さん、僕学校をやめようと思うんだ」

「どうしてだい、正男」

「父さんがあんなに苦労しているのに、僕学校へなんか行っていられないよ、僕やめて、明日から新聞配達をするよ」と正男は真剣な顔で言うのだった。

「いいんだよ正男、心配しなくても。父さんはお前たち家族のために一生懸命働いてくれているんだよ、お前が学校をやめたら、かえって父さんが、がっかりするよ、お前は成績がいいんだから、学校へ行きなさい」と咲は言った。

正男は成績がよく、小学校を卒業する時は卒業生三クラスの総代で卒業証書を授与され、また答辞も述べたのだった。咲はそのような正男であるから、どんなに生活が苦しくても、教育だけは身につけてやりたいと思っていた。

「でも、父さんに悪いよ」

「父さんが、大変だから正男学校をやめてくれ、と言うまで行きなさい」と説得したが、事実、生活は苦しかった。

昭和四、五年当時、米一俵（十六貫、六十キロ、約四斗、四十升、一升約一・八リットル）が五円だった。正男の月謝も五円だった。月謝を持たせると米が買えない。米を買うと月謝が払えない。しかし月謝だけは必ず期日までに持たせた。

米を買うために、咲の箪笥から着物が一枚ずつ消えていったのであった。

毎朝暗いうちから町を駆け抜ける幸太郎を見て、商店街の旦那衆はじめ町の人々は噂した。「鮮魚の行商じゃあ大変だろうな」「今度という今度は、気の毒だが黒田さんは立ち上がれないだろう」「多額の借金を抱えているからね、無尽講からも」などと話題になった。

この苦闘は大正十五年から昭和六年まで丸六年間続いた。つまり三十六歳から四十二歳までである。

このころ大正十四年二月次女誕生、昭和二年七月三女誕生、昭和五年三月次男誕生と子宝に恵まれたのだった。

ついに六年間ですべて借金を返済し終わった幸太郎は、人生に勝負に出た。

大勝負

昭和七年二月、雪が深々《しんしん》と降る凍てつく日であった。

幸太郎は余市信用金庫（現在の北海信用金庫）の組合長に面会を申し入れた。

組合長室に通された幸太郎は融資を申し入れる。組合長が
「黒田さん、担保は何ですか」

と問うと、幸太郎は即座に
「担保物件はありません、あるとすれば、わたし自身が担保です」

ときっぱりと言った。

組合長は驚いてしばらく幸太郎の目をじっと見ていたが、

「わかりました、お貸し致しましょう」と言った。

「ところで、いくらお入用ですか」

「はい、二千円貸してください」

「よろしいでしょう、何にお使いですか」

「鰊の加工業を始めようと思います」

「黒田さん、保証人はわたしがなりましょう、早速書類を用意し手続きをして、いつでも金が引き出せるようにしておきます」

組合長は、みずから保証人を引き受けてくれたのであった。そしてこの話は組合長と幸太郎の間だけの話として進行し、処理されたのだった。

この時、幸太郎は涙が出るほどうれしかった。立ち上がって両手で組合長の手をしっかりと握って深々と頭を下げた。

組合長も幸太郎の手を固く握り返し無言で、幸太郎の目を見つめた。

男が男を信ずるということである。

信頼とは何か。信頼を裏打ちするものは何もない。相手を信ずるということもまた一つの賭けである。

二千円といえば大金である。千円で豪邸が建つと言われた時代の金額である。

幸太郎は、組合長の大きな心に感謝でいっぱいになった。

後年、組合長が幸太郎に言った。

「あの時君の目を見たら真剣そのもので、命がけというように感じたのですよ、それでわたしは、この男に賭けてみようと思ったのですよ、そして君が払わなかったら、わたしが一生かけて責任を負うだけだとね」そう言って組合長は呵呵大笑いしたのだった。

担保も保証人も無しで大金の融資を申し込んだ幸太郎の大胆不敵さに、組合長はただただ感服したのだった。


さあ、金の用意はできた。ここからが幸太郎の本領発揮である。

しかし鰊加工は初めてである。寝る間も惜しんでその準備に奔走した。

そして幸太郎は初めて神仏に祈った。

「どうか鰊が大漁でありますように」と。

妻の咲は信心深い女である。日頃信仰している神社に足しげくお参りして願をかけたのであった。

幸太郎にとって、まさに一世一代の正念場である。

昭和七年三月、鰊はやってきた。

大、大漁である。町は湧きに湧いた。

港には鰊を満載した大船が、大漁旗をなびかせて何艘も入ってくる。

勇壮な掛け声とソーラン節の競声が海面にこだます る。

鰊は船に満載されたまま取り引きされる。業者が船の鰊丸ごと競り落とすのである。

その金額は莫大な大金である。何百円、否千円、千数百円にも上がる。

もちろん金額の高い者に落ちる。業者は潮風のなかで声を嗄らして競るのである。幸太郎もその業者数十人に混じって、ついに落としたのである。

幸太郎は声をすっかり嗄らしていた。咲は黒豆を砂糖で煮て、その汁を幸太郎に飲ませた。これは母繁乃の智恵であった。

競り落とした鰊は、もっこ背負《しょい》たちによって、次々と砂浜に積み上げられる。

船にかけた板梯子を上り下りして、みるみる鰊が船から移されると、幸太郎はその鰊の山の側に高張提灯を立てた。

山印に十の字「〒《やまじゅう》」である。そして墨痕鮮やかに黒田と書かれている。

鰊は加工場に荷馬車で運ぶのであるが、それまで夜は盗難除けのため、高張提灯に灯をともして寝ずの番を、信頼のおける若い衆にさせるのである。
砂浜には、それぞれの業者の高張提灯が並び、不夜城の様相を呈している。
鰊は翌日ただちに、それぞれの業者の広場に運ばれ、身欠鰊として干場に吊される。
町の人々はこの幸太郎を見てまたまた言った。
「黒田は不死鳥のようだ」と。

不死鳥

まさに幸太郎は不死鳥の如く蘇ったのであった。そして水を得た魚の如く活動した。

連日の鰊の競りのため、嗄れた喉で無理に叫ぶので、幸太郎の声は全く出なくなった。それでも叫び続け、ついに喉から血が出るほどであった。

幸太郎の加工広場には、見渡す限り鰊が吊るされ、その側では毎日、三、四十人の出面取りといわれる日雇人が、生鰊の内臓を取り出し、数の子は別に取り分けたものを、十匹ずつ束ねて干すのである。

その干場の側に小さなバラック建ての小屋がつくられた。その小屋には泥棒除けの見張りのため誰か寝泊りをしなければならない。幸太郎は、ここ何日か前からその人を探していたが、なかなか見つからない。

あたふたと外から駆け込んできた幸太郎が、「お咲、お咲、」と呼んだ。なぜか「お」を付けて呼ぶのである。

「何ですか」

「番人が見つからない、誰かお前の親戚にいないか」と言った。

「はい、すぐ人をやって探させます」

鰊場の作業　後方に干された鰊が見える

咲の実家は四キロほど離れた沢町で、今でも提灯屋を営業している。もちろん幸太郎の高張提灯も、義兄にあたる咲の兄がつくったものである。
いつの時代でも泥棒は虎視眈々と機会を狙っている。数日で身欠鰊が干し上がった頃、一夜にして干場の鰊が全部盗まれるという事件が過去に何度かあったのである。
その時、幸太郎と咲の会話を聞いていた母の繁乃が「幸太郎、わたしが小屋に泊まって番兵するよ」と言った。
繁乃はそのころ六十六歳になっていた。当時六十六歳というと高齢である。そのような年老いた母に番をさせるなどはできないと思い、幸太郎は

「おっ母さん、それは駄目だよ、無理だよ」と言ったが、繁乃は

「何を言ってるんだ、今夜にも根こそぎ泥棒にやられるかも知れないではないか、いいからわたしの言う通りにおし、すぐにわたしの蒲団を運びなさい」と命令口調で言った。

「おっ母さん、済みません」

こうして繁乃は、広場の隅にぽつんと建っている小屋に、三月、四月、五月と三か月寝泊りをし、夜中に何度も起き出して、提灯の明かりを頼りに見回ったのだった。こうして、この後繁乃は七十二歳で他界するが、この二年前の七十歳まで、毎年小屋に寝泊まりをしたのだった。

一口に鰊の加工業と言っても大変な事業で、まず大金を用意しなければならない。そして鰊の干場となる広場が必要である。いち早くこの広場の獲得をし、次は絶対に必要な出面取りの頭数を揃えることである。その他、丸太を組み干場を設置するプロの人夫の確保など、これらは正月が過ぎると一月の末から準備が始まるのである。

この時期、町には、身欠鰊や生数の子を買い付けるため、どっと内地（本州のことを北海道人は内地という）から、また北海道各地から、商人や仲買人が町にやってくる。東北、北陸、遠くは大阪あたりからも買い付けに来るのである。

幸太郎の干場にも仲買人が連日交渉に来る。そして小屋にいる繁乃にもみ手をしながら、「御隠居はん、えろうお元気でおますな」などと見え透いたお世辞を言ったりするのだった。

鰊場が一段落した五月末、幸太郎が信用組合から借りた二千円をイの一番に返済したことは言うまでもない。その時組合長は、

「いやあ、黒田さん、これでわたしも、今夜からぐっすり眠れますよ、ありがとう」と言ってまたまた呵呵大笑いしたのだった。

幸太郎は「組合長のお力で黒田を男にしていただきました、すべて組合長のお陰です」と言って深々と頭を下げた。

組合長は「わたしも長年この仕事に携わってきましたが、担保も保証人も無しで、二千円という大金をお貸ししたのは、黒田さんあなたが初めてですよ」と言った。

さらに続けて、

「担保はわたし自身ですとおっしゃった、あの言葉に惚れたんですよ」と言った。

「いやあ、あの時は必死でした、藁にもすがる思いでした。本当に救われました」

信頼し合った男と男の会話であった。

外は麗らかな春の昼下がり、気がつけばもう春も終わりであった。遅咲きの八重桜が時折花吹雪となって、道行く人に降り注ぐ。そんな穏やかな日であった。

いま幸太郎は、闘い終った戦士のように、心地よい脱力感と幸福感に浸っていた。


昭和六年八月、四女が誕生し、子供は六人で二男四女となった。

家の中は長男十四歳を頭に六人、おもちゃ箱をひっくり返したような騒ぎであった。

その中で幸太郎は幸福だった。

こうして昭和七年は終わり、やがて八年となる。八年も鰊は大漁で町は潤い、幸太郎も潤った。

花街

この頃の数年は、幸太郎にとって一番幸福でまた輝いていた時代であった。

鰊産業、つまり網元、加工業者はその年の五月ですべての仕事を終えると後は暇なのである。ある程度大金が入り、経済的にゆとりができると旦那衆は花街で遊ぶのである。

その昔角界の力士を評して、

「一年を十日で暮すいい男」というのがあったが、鰊業者の場合は、

「一年を三月で暮すいい男」という言葉が当てはまるのである。

幸太郎も御多分にもれず、花街へ通う毎日が続いた。桜小路一番といわれる芸者である。

幸太郎は四十代の男盛り、なかなかの洒落者だと言われていた。

紺のサージの単衣に白の絞りの帯、背が高くて、鼻が高く彫りの深い顔立ち、その上金離れがいいとなれば、女にもてないわけがない。

しかし妻の咲は何も言わなかった。じっと堪えて、義母《はは》に仕え、子供の面倒を見た。

そんな幸太郎にある日、繁乃がきっぱりと言った。

「幸太郎、いいかげんにおし、少しは咲のことも考えてやらなくてはいけないよ」

その時繁乃はもう七十歳近くなっていたが、まだ親としての威厳を失っていなかった。

幸太郎は「はい、おっ母さん」とだけ言った。しかし幸太郎は芸者の福太郎に、身請けして、一軒借りてやると約束していたのだった。


幸太郎は、福太郎に別れ話を切り出した。

「福太郎すまない、別れてほしいのだ」

「えっ、どうしてです」

「恥ずかしい話だが、年をとったお袋にこっぴどく叱られてね、親には逆らえないよ」

「それでおかみさんは何て言っているのです」

「家内は何も言わないよ」

「こんなに毎日通って来ているのに、何も言わないのですか」

「家内はよく出来た女で、言うような女ではないのだ」

このよく出来た女と言ったのが、福太郎の癇にさわったらしい。

「あら幸さん、そのよく出来たおかみさんに会わせてくださいよ」

「それはできないよ」

すると福太郎はなおも言った。

「会わせてくださいよ、わたしがおかみさんにお会いして、なるほどと納得が入ったら残念だけど別れてあげるわ、でも納得ができなかったら別れません」

「よしわかった、今ここへ家内を呼ぶから、会ってほしい」

こうして、思いもかけない成り行きになってしまったのだった。


咲は今日も子供の世話に追われていた。昼下がりだった。人力車が家の前に停まった。

「今日は、おかみさんいらっしゃいますか」と車夫が入り口で言った。

咲が「はい何でしょうか」と答えると、車夫は
「わたしはお宅の旦那の使いで来ました、旦那はただいま桜小路の、あけぼのにおいでです、おかみさんを呼んで来てほしいと頼まれましたので、どうか車に乗ってください」

と言った。

咲は何ごとかと思ったが、車夫に「車屋さんちょっと待ってください」と言って鏡に向かった。そして当時流行の髪形二〇三高地という、髪の毛を大きくふくまらせた頭をなでつけた。

そして普段着の着物の上から、薄紫の羽織をはおると、繁乃に向かって「おっ母さん、ちょっと行ってまいりますので子供たちをお願いいたします」と言って、車に乗った。

咲にはどういうことなのか全く見当もつかなかった。もしかして、噂の芸者を身請けするから、承知してくれということかもしれないと思った。それなら、気持ちよく承知してやろうと考えているうちに、あけぼのに着いた。そして奥まった部屋に案内された。

部屋に入ると、幸太郎と芸者が座っていた。

すると幸太郎が、

「お咲、急に呼んだりして済まなかった、さあ、ここへお座り」と言って、床の間の前に上座に座らせた。そして、

「こちらさんは福太郎さんだ、お前に会いたいと言うんでね」と言った。

咲はすかさず座蒲団から下りて、

「主人が大変お世話になっております、ありがとうございます」と言った。

なるほどいい女だ、匂い立つような美人である。幸太郎が好きになるのも仕方がないと思った。すると福太郎が、

「おかみさん、御主人が毎日わたしのところに通って来たのですよ、焼餅を焼かなかったのですか、嫉妬しなかったのですか」と言った。咲があまりに平然としているので、つい意地の悪い言い方をしたのだった。

女と女の目に見えない熾烈な戦いである。すると咲が言った。

「外の女にもてないような、相手にもされないような男が夫だなんて嫌です。大もてにもてる男が夫なら女冥利に尽きるというものではないでしょうか」と言って微笑んだ。

妻の座に居る者の余裕である。

そして心にもなく、

「これからもよろしく」と言った。

福太郎は負けたと思った。そして言った。

「おかみさん、きょう限りで御主人とは別れます、それを直接おかみさんに申し上げたくておいでいただいたのです」とまったく逆なことを言ったのだった。そして幸太郎に向かって、

「幸さん、いいおかみさんをもって幸せね」と言った。

咲は後々まで思った。急にあの場で、どうしてあのような言葉が出たのか、自分でも不思議だった。

あの頃は苦しかった。女冥利どころか、毎夜嫉妬で狂いそうになったのだった。幸太郎に対して、恨みの丈を言いたかった。思いっきりなじりたかった。でも咲はじっと堪えたのだった。そしてその後一度もそのことに触れることはなかった。

幸太郎もまた思った。見事なまでに堂々とした咲の態度と言葉には、ただただ感服したのだった。

母の死

この頃、日本は次第に軍国主義に傾き始めていた。昭和六年（一九三一）には満州事変が起こり、続いて昭和七年には上海事変が起こったのである。

その後関東軍は満州国の独立を画策し、清朝最後の皇帝愛新覚羅溥儀《あいしんかくらふぎ》を擁立して、満州国を樹立した。時に一九三四年、昭和九年のことである。こうして軍部や右翼の勢力が一段と強まったのであった。

そういう中で国の政策として、満州国への移住、入植を国民に呼びかけたのであった。町のいたるところに「行け若者よ大陸へ」とか「大陸が君を待っている」などのポスターが貼られ、満州行きを奨励したのであった。

やがて昭和十一年（一九三六）二月二十六日、世にいう二・二六事件が起こった。軍靴の響きは日増しに強まり、翌昭和十二年七月、北京郊外の盧溝橋において日華両軍がついに交戦し、日華事変が勃発したのだった。

この頃幸太郎の長男正男は、旧制中学校を卒業後国鉄の就職試験に合格、釧路に勤務していたが、昭和十二年徴兵検査で甲種合格、十三年三月に入隊することとなった。

町は連日のように、入隊の若者や、出征兵士を見送る人の行列が、日の丸の旗とともに通り過ぎるのであった。

正男の入隊の前夜、幸太郎は、町の有志を招待して盛大な壮行会を行った。正男は幸太郎の自慢の息子である。特に正男の挨拶は立派だった。幸太郎は嬉しかった。

明けて翌日は出立である。家の前には近所の人々や、愛国婦人会の人々が大勢、手に手に日の丸の旗をもって集まっていた。

正男が挙手の礼をして、「ではみなさん行ってまいります」と言って家を出ようとした時、祖母の繁乃が突然大きな声で「正男ーっ」と呼んだ。

その時繁乃七十一歳、信じられないような大きな声だった。

正男が「はい」と言って振り返ると、
部屋の入り口に座ったまま、

「正男元気でな」それだけ言うのがやっとだった。大きな目から涙が流れていた。繁乃は正男が初孫だったから可愛くて仕方がなかったのだった。息子の幸太郎とは血の繋がりがないから、当然六人の孫とも繋がりはない。しかし繁乃は孫たちを可愛がった。いま可愛い正男と別れたら、これが今生の別れになると思ったのであろう、じっと正男の顔を見つめていた。

正男もまた言葉を発することができず、ただ大きく頷いた。正男は年老いて病がちな祖母のことが心配で後髪を引かれる思いで出立したのだった。

昭和十三年、三月だというのに粉雪の舞う寒い日であった。

繁乃はこの後、床につくことが多くなっていった。昭和十四年に入ると、ほとんど寝たきりの状態で、医者に回復の見込みがない、あと一、二月だろうと言い渡された。

幸太郎は本来ならもう二月に入った段階で、鰊漁場の準備に取り掛からなければならないのだが、今年の鰊事業は、ほんの小規模にとどめて、使用人まかせにすることにした。

繁乃は三月に入ると、食欲が全くなくなり、りんごの絞り汁や、パイナップルの汁のみを飲む毎日だった。

毎日うわごとを言うようになった。「幸一、幸一」と呼び続けたり、「正男、正男」と呼び続けた。

幸太郎は、室蘭で世帯を持っている幸一の妻に連絡をしたが、「いま外国船に乗っているので帰国次第行かせます」と連絡してきた。

ついにその日は来た。昭和十四年三月九日未明、幸太郎はじめ家族に見守られて他界する。七十二歳の生涯であった。

その死に顔は安らかであった。

この世でたった一人の血肉を分けた幸一とは、ついに最期の別れができなかった。繁乃には何年か前、幸一が世帯を持った時に手紙で、室蘭で一緒に暮らそうと言ってきたが、ついに行くことは一度もなかった。幸太郎のそばで暮すのが一番気に入っていたのだった。

鰊漁の最中ではあったが、葬儀は盛大に行われた。

再会

幸太郎は母の葬儀を終えた後、諸々の仏事を妻に任せて、鰊の加工業に専念した。

四月、五月と毎日忙しく明け暮れし、五月も終わりに近いある日、見知らぬ人よりの手紙を受け取った。

差出人は、函館宮前町、鎌田ミツとあった。その文面によると、自分は高岡敬三郎の娘のミツであって弘の姉であること、いまは鎌田家に嫁いでいること、一人娘夫婦と共に暮らしていること等が記されており、自分も六十六歳になったので、死ぬ前に一度幸太郎さんにお会いしたいと思っているので、どうか会ってほしい、都合のよい日を知らせてくれたらその日に、函館からそちらへ出向きますと書かれていた。

幸太郎はこの世の中に血肉を分けた姉弟が、弘のほかにミツという姉が存在したということを初めて知ったのであった。そして本当のことを知りたかった。自分が、高岡家から、なぜ黒田家へくれられたのか、真実をミツの口から聞きたかった。

幸太郎はミツに手紙を出し、いつでも都合のよい時にお越しいただきたいと申し送った。

六月初旬、ミツは函館からやって来た。

ミツ六十六歳、幸太郎五十歳、まさに半世紀ぶりの対面である。

ミツはほっそりとした、細面の品のいい老婦人であった。

「お姉さんですか、遠路わざわざお越しいただき申し訳ございません」

「何の、何の、幸太郎さんお会いするのを楽しみにしておりました」

と言うとミツは目にうっすらと涙を浮かべていた。

「本当はもっと早くにお会いしたかったのですが、育ての親の黒田さんに申し訳がないと思って我慢をしたのです」

「それで両親は健在ですか」

「今から十年前ほど前、昭和四年に父の敬三郎が他界し、五年に母が他界いたしました。母は亡くなるまで幸太郎さんのことを言い続けておりました」と、さらにミツは続けた。

「事の始まりは、明治二十二年の春、父の敬三郎が、蝦夷地へ行って一旗揚げてくるといって出かけたまま、一年半も音沙汰がなかったのです。幸太郎さんの妊娠のことは、父が出発した後でわかったのです、母は仕送りが届かないので苦労をしたのです」

幸太郎は話を聞いているうちに、父に対する怒りが込み上げてきた。

「何てひどい親なんだ、その父親と同じ血がわたしの体の中に流れていると思うと悲しくなる」

「母は函館行きを決意したんです。でも船賃が足りなかったのです。すると船頭さんが、わたしのことを指差して、娘さんが船賃がわりだと言ったんです」

とミツは当時を思い出したのか悲しそうな顔をした。幸太郎は驚いて、

「えっ姉さん、それって本当なんですか、何てひどい話なんだ、若い娘が船賃がわりだなんて。姉さん済みません、許してください」と、幸太郎は思わず言って涙を拭いた。

「幸太郎さん、あなたが謝ることはありません、これもみんな父が悪いのですから」

幸太郎は同じ男として、とっさに思わず、許してくださいと口から出たのだった。

「幸太郎さん、あなたは本当に可愛い子でした。でも函館に着いたわたしたちを父はあまり快く迎えてはくれなかったのです。そんなある日、明治二十三年の十二月の初めだったと思います、外から急いで帰宅した父が、坊にいい着物を着せなさと言って抱いて出かけたまま他人にくれてしまったのです」

「どうして、そんなに簡単にわが子をくれたのか、どうしてなんだ」幸太郎には考えられなかった。

「父は初めから俺の子ではないと言い張るのです、俺に似ていないとか、月日が合わないとか、そして泣くと、大きな声でうるさい、あっちへ連れて行け、とか、そのあげくが他人に渡してしまったということです、母は本当に可哀そうでした、毎晩泣いておりました。幸太郎さん、母を恨まないでください、母は八方手を尽くして、あなたを探したのです。父はだいぶ後になってから、黒田幸造さんにくれたことを白状したのです、それまでは頑として言わなかったのです」

「大正十二年、わたしが三十三歳の時、在郷軍人の再教育のため旭川師団に行っている時、初めて高岡弘と名乗って弟があらわれ、わたしが高岡敬三郎と春の子供であると聞かされて本当に驚きました、あの時は場所が場所ですし、詳しく聞く時間もなかったので、そのまま弘と別れましたが、その後ずっと心に引っかかって今日まで来ました」

「あの頃になって、やっと父が白状したので、それから黒田さんの行方を探したのですが、なかなかわかりませんでした、母と幸太郎さんは本当に縁の薄い母と子でしたね」

先ほどからそばで聞いていた咲は目の縁を真っ赤にして涙を拭いている。

「弘は銀行員で、ずっと函館で両親と暮らしていましたが、その後釧路へ転勤になったのです。弘はわたしと二十歳ちがうので、現在四十六歳です」

こうして幾日も幾晩も話しても話しても尽きない時間を過ごしたのだった。

ミツは十日ほど幸太郎の家で過ごした。咲はよく仕え、手料理など、いろいろと気を使って接待した。

ミツは名残りを惜しみながら、やっと訪れた北国の初夏のある日、函館へ帰って行った。

その後姉のミツからは何度か便りが届いた。まだ言い残したことがあるといって、細々《こまごま》と昔のことが書かれていた。そして晩年の父敬三郎について、自分のしたことを後悔し幸太郎に済まない、申し訳ないと言っていたのでどうか許してやってほしいと書かれていた。

幸太郎は思った、今はもう遠い過去のことであり、これもわたしの運命なんだと、「覆水盆にかえらず」だとしみじみ思うのであった。

その後昭和十八年の晩秋のころ、姉ミツの他界の知らせが、娘夫婦の名で函館より届き、母ミツの希望で家族のみで野辺の送りを済ませたのであった。七十歳の生涯であった。

戦局

その頃正男は、入隊の後、ただちに満州の関東軍に送られ鉄道隊に配属となる。

関東軍はこのころ北の護りに力を入れており、毎日毎日鉄道建設の作業が続き、枕木の運搬や線路の運搬で過酷を極めたのであった。特に鉄道隊は、満州の最北部、ハルピンに駐屯し北の警備に当たった。

その中で正男は、幹部候補生として、将校試験に合格し、やがて少尉に任官する。こうして、昭和十八年にいったん除隊するまで、足掛け六年満州の広野に青春の日々を捧げたのであった。この六年の間に関東軍とロシア側との間に何度か小競り合いがあったという。毎晩、遠くの方で誰が撃つのか、鉄砲の音を聞かない日はなかったともいうことである。

正男は昭和十八年、中尉として除隊し余市に帰郷し結婚するが、その三ヵ月後再び召集令状を受け取り、新婚の妻を残して、函館港の護りについたのであった。黒田隊という大隊長として、港湾警備の総指揮に当たったのである。

昭和十九年に入るとアメリカは軍艦を根室、室蘭、函館の沖に停泊させて、時々艦砲射撃を行ったのであった。これに対して、日本側は何の反撃もなし得なかったのは言うまでもない。反撃する大砲も弾丸もなかったのであった。


一方幸太郎は、昭和六年に鰊加工業を始めて以来、毎年事業を続けていたが、漁獲量は年々減り続けていた。その理由としては、乱獲が原因なのか、寒流の流れが変わったのか、それとも大掛かりな港湾開発の築港による海岸線の整備によるものなのかはわからない。いずれにしても減っているのである。このままでは、商売としては成り立たなくなるわけで、幸太郎は、鰊以外のあらゆる魚の加工をすることにした。今までのように「一年を三月で暮すいい男」などと言っていられなくなったのである。

幸いにも幸太郎は、自宅から数百メートルの近くに五百坪ほどの空地と、これに隣接してちょっとした学校の体育館ほどもある倉庫を持っている。この倉庫の壁と外壁の厚さは三十センチほどあって、その間にびっしりと木屑が詰まっている。そのため、寒冷地でありながら中の食品が凍ることはない。

幸太郎はこの倉庫に、魚加工に必要な、あらゆる機械を設備したのだった。動力モーターをはじめ、ベルトコンベアーや、熨斗烏賊《のしいか》をつくるローラー等である。さらに倉庫の一角に煉瓦を積み上げて燻製室を一人で手作りしたのだった。

一年中加工業を行うわけで、常時加工工場には十数人の人たちが働いていた。その人々の中には、アイヌの血をひく人たちが二、三人混ざって働いていた。幸太郎は、差別することなく、働きたいという者は誰でも雇ったのである。またお手伝いさんも、アイヌ娘を雇ったりもした。まだ昭和十五年前後には、アイヌ人に対する偏見が残っていて、彼らを雇うのを嫌う傾向があったが、幸太郎は「人間に変わりはない、上下もない」と言って彼らを雇ったのだった。

鰊加工が終わると、鰯漁である。毎日毎日、空地に山積みになる。塩をして、葦《あし》の簾《すだれ》に一部は干される。後の多量の鰯は大きな鉄の鍋で、グツグツと煮られる。煮上がった鰯を次々に圧搾機にかけて搾ると、鰯の油が大量にとれる。この魚油を毎日業者が買いに来るのである。昭和十六、七年頃のことである。この魚油で石鹸をつくったり、工業用に使用したのだった。

鰯の搾り滓は広場で乾燥させる。これもまた業者が買いに来る。この乾燥したものは、やがて魚粉にされ、甘く味付けされて菓子として売り出されるのである。

戦時体制においては、すべて捨てるものは何もなかったのである。特に日華事変も長引き、食料品も統制となると人々は食料品の確保に苦労した。そのため知人や、そのつてを頼ってよく幸太郎のところへ、加工食品や燻製を買いにきた。幸太郎は漁業組合に一定の食品を納入するとあとはすべて欲しいという人たちに安く売った。時には、頼まれて断りきれず、自宅の分まで分けてしまって、咲に叱られることもたびたびだった。

鰯漁が終わると、次は烏賊《いか》漁である。毎日大量の烏賊が幸太郎の倉庫に漁師たちによって運び込まれる。雇人たちによって手早く内臓を取り出された烏賊は、広場いっぱいに干されて鯣《するめ》にされる。製品はすべて漁業組合に納入され、やがて優先的に軍隊に納められるのである。

さらに鯣の一部は、甘く味付けられて熨斗烏賊に製造され、これも軍隊行きになる。庶民の手元にはなかなか届かないのである。昭和十八年当時、食料品はすべて配給制で、自由に食料を入手することは困難になりつつあった。

当時は魚も配給で一般の庶民はなかなか入手できない時代であった。しかし加工業者には毎日漁師から直接魚が運び込まれるのである。その理由は、出来上がった製品はすべて、漁業組合を通じて軍隊に納められることになっているからである。

幸太郎の加工工場は毎日フル稼働である。もちろん従業員十数人もよく働いた。

夏烏賊漁が終わり、秋烏賊も終わると、次は鱈漁が始まる。冬の日本海は大鱈がとれる。体長七、八十センチのものから一メートル近いものまで水揚げされる。この大鱈も毎日幸太郎の加工工場前の空地に山積みされる。頭を切り落とし、内臓を取り出し、三枚におろして、寒風にさらして乾燥させる。干し上ったものはそのまま干し鱈として軍隊行きであるが、一部は甘く味付けされて熨斗鱈として納められる。この製品は特に大好評であった。

広場の片隅には切り落とされた大きな鱈の頭が山のように積み上げられていた。幸太郎が初冬の新雪の舞ったある朝、工場前の広場へ行った時、思わず驚きの声を発した。山積みされた鱈の頭がすっかり消えていたのだった。そして新雪の上には、無数の足跡が残されていたのだった。その中には確かに子供のものと思われる小さなものまであったのだった。

幸太郎はそれを見て胸が熱くなった。実はこの数日前から、食品会社の従業員が、時々鱈の頭を売ってほしいと言って来ていたのだった。それが一夜にして全部消えたということである。

日頃は、頭、内臓、中骨等を全部大きな鉄鍋で煮て寒風のなかで乾燥させて肥料にするのである。捨てるものは何もないのである。一口に鱈の頭と言っても、その頬に当たる部分には身が付いているのである。食通に言わせると、この部分が一番美味であるということである。

このことがあってから幸太郎は、頭の山の側に立て札を立てた。そして「この品不要につき自由にお持ちいただくようお願いいたします」と書いた。もちろん業者に売り渡すことも、肥料にすることも、この後一切なかったのである。

戦局は日々厳しい状況を迎えており、愛国婦人会を含めて老若男女すべて国防に参加するということで、日頃その訓練が行われたのであった。

なぜか幸太郎は、町内会の防衛部長に任命され、懸命に訓練を指導する。若者は大部分が出征していて、銃後に残されたのは中年の男性、それに婦人たちである。訓練は、銃剣術や、竹槍などで敵に向かって行くというものである。今となってはお笑いぐさであるが、その当時は真剣だったのである。

余市の町としては、国防訓練の技術の上達と士気を高める目的もあって、十六町内会で、国防訓練競技会を開催、等級をつけるということを行ったのだった。その結果幸太郎の団体が一位になり、表彰されたのであった。

学校のグラウンドに十六町会、十六団体が集結し、次々と消火活動や、救助活動、銃剣術や竹槍訓練である。幸太郎は、町内会の人々数十人を一糸乱れず号令一下行動させたのであった。人々は感嘆した。その後各町内会に頼まれて模範訓練を披露したのだった。

十六町会の連合会、つまり連合町会長や、その防衛部長として、忙しい毎日のなか魚加工業者としても活躍した。

船主

この頃昭和十八年末、本州の船舶会社から、人を介して、三十八トンの船を買わないかという話が幸太郎のところへ入った。

当時船舶は四十トンから、外洋つまり七つの海を航海してよろしいという公の認可がなされていたのである。しかし今回話が出た船は三十八トンで、外洋へは出られない。

これが幸いしたのである。四十トン以上の船は公のものであれ、私個人のものであれ、この時代、強制的に国に徴用され、軍事物資輸送に使われたのである。日増しに戦局は厳しさを増し、日本の輸送船は、日々爆撃を受けて沈没したのであった。

いま幸太郎が買入しようとしている船の名は、第二弁天丸、三本マスト、動力エンジン付きの大正十年建造である。第二弁天丸というからには、第一弁天丸が当然あるわけであるが、第一の方はすでに一年以上前に徴用されまもなく輸送中敵の爆撃をうけて海の藻屑となったのであった。第一の船は四十六トンあったということである。このため船主は落胆し、第二の方も手放すことになったようである。

昭和十九年の春早々、第二弁天丸は、余市川の河口に入港した。

幸太郎は嬉しかった。男なら、海に関わって生きる男なら、一度は夢見ることである。三十八トンといえば大船である。もちろん、余市を含めて近海の町村で、三十八トンという大船を持っている個人はいない。個人所有の船としては、十八、十九トンが最大である。

この船を操縦するためには、常時最低十二名の船員が必要で、いつでも出港することができるようにするためには、この十二名を常に雇っておかなければならない。そのため毎月多額の給料が支払われたのである。幸太郎は自家製品の海産物を、漁業組合の委託を受けて、山形の酒田港へ船輸送した。国内は物資が不足し、国民は厳しい食糧事情を過ごしていたのであった。しかし昭和十九年、二十年と鰊が大漁とまではゆかなかったが、そこそこの漁をみることができた。

幸太郎は、身欠鰊の製造と同時に鰊の燻製も手がけた。自ら造った燻製室に、桜の木のチップを燃やし、そこに鰊を吊るすのである。時には鮭を一匹丸ごと吊るすこともある。

これらの燻製は非常に美味である。身欠鰊や燻製、昆布、その他を満載して、軍隊に納入のため、国内の港へ輸送したのだった。時によっては幸太郎も船に乗船することもあった。この頃はお国のために尽くすという強い信念のため毎日が充実し輝いていた。昭和十九年夏幸太郎五十五歳であった。

戦局はますます悪化し、夜は燈火管制が行われ、窓という窓は明りが漏れないように厚い紙で覆い、息をひそめるようにして生活をしたのだった。

町全体は、否日本列島全体が漆黒の闇である。その闇の空を敵機が轟音を響かせて飛び去るのである。その闇の中でもし、煙草を吸うためにマッチを擦ったとすると、ただちにその場所めがけて爆弾が投下されるのである。事実それはあったことである。

昭和二十年に入るとますます食糧難となり、配給もなくなり、雑草でも食べられるものは何でも食べるようにという回覧板が回されたのでる。

空襲の敵機は昼といわず夜といわず襲来し、爆弾を投下したのだった。町の拡声器からは、たえず「敵機来襲、敵機来襲」の声や「空襲警報、空襲警報」の声が流れ、緊張の毎日であった。

そんな二十年のある日の午後、幸太郎が、全身泥だらけのずぶ濡れで、その上顔は擦り傷だらけで帰ってきた。

それを見た咲が驚いて、

「あなたどうなさったんです」と言うと、

「いやあ、殺されるところだった」

「えっ、どうしてです」

「仁木街道を余市の方に向かって自転車で走っていると、艦載機が一機急降下してきて、わたしめがけて機銃掃射を始めたのだ。その弾丸がわたしの側の路面にならんで撃ち込まれたのだ、艦載機はその時低空飛行をしていたので敵兵の顔がはっきり見えたのだよ、そして機首を上げて前方に飛び去ったかと思ったら、ふたたび反転して戻ってきたのだ。執拗にわたしを狙って、また急降下を始めた時、わたしはとっさに道路傍の田んぼに頭から自転車ごと突っ込んだんだ」

「一瞬遅かったら、わたしは撃たれていたのだ、助かったのが不思議なくらいだ」と言った。咲はただ言葉もなく幸太郎の傷の手当てをしていた。

この頃は毎日のように、出征兵士の見送りと同時に、英霊の白い箱を駅頭へ迎えに行く人々が見られるようになった。人々はみな心の中で、日本は負けるのではないかと思った。だがそれを口にすることはなかった。

咲は日頃信仰している神社に足繁く通い、函館港を護っている正男のために願をかけて祈った。函館港が艦砲射撃されたとラジオでニュースが流れると、咲は心配で心配で、居ても立ってもいられなかったのだった。

そして咲は神様にお願いをした。「どうぞ神様、わたしの命を縮めてもかまいません、その代わりどうか正男の命をお守りください」と。

幸太郎の町内会でも戦死者が幾人も出て、町会長として駅まで出迎えに行くことが多くなった。そんな時幸太郎はよく咲に言うのだった。

「何が辛いといって、若い英霊の妻が、喪服の胸に白い箱を抱えている姿を見るのが一番悲しい」そして、「町会長として、出迎えの挨拶をしなければならない、何々君は名誉の戦死をなさいましたと言わなければならない、こんな辛く悲しいことはない」としみじみ話すのだった。この時代、英霊の妻も家族も、人前で絶対に泣くことも涙を見せることも禁物だったのであった。

敗戦

昭和二十年八月十五日、ついにこの日がやってきた。幸太郎は、妻咲とともにラジオ放送を聞いた。雑音がひどく、聞き取り難かったが、ところどころ、「堪え難きを堪え」とか、「終戦を迎える」とかのお言葉を耳にして、戦争は負けたのだと理解した。

幸太郎は頭が真っ白になり、思考能力がなくなり、虚脱状態になった。この先どうしたらいいのか、今何をしたらいいのかわからなかった。不安だった。ただただ不安だった。

幸太郎はじっと、自宅の帳場の椅子に座り続けていた。頭の中は何も考えていなかった。どのくらい時間が経ったのだろうか、自宅から五百メートルほど離れたところにある工場から一人の若い使用人が走ってきた。

「親方、親方、戦争が負けたって本当ですか。今工場でラジオを聞いてみんながそう言うんですよ、俺はそんなことはねえって言ったんだけどね」

「ああ勇か、負けたんだ、負けたんだよ」

勇は十八歳だった。彼の兄は三年前に出征したまま現在どの方面にいるのかその消息はわからない。父親は漁師であったが彼が小学生のころ大時化に遭い海難死している。そのため、勇と母、親子で幸太郎の工場で働いているのだった。工場の中でも時々親子で口喧嘩をする。そんな時母親は「親方、勇がわたしに、くそばばあって言うんですよ叱ってください」と言う。

幸太郎は、「勇、本当か」

「俺そんなこと言ってねえ」勇は親方が一番怖い存在なのである。

「じゃあ親方、負けたんだったら、この先どうなるんです、アメ公が上陸してくるんですかね」

「明日にでも上陸してくるかも知れない。そこで若い者がしっかりしなければならない年寄りや、女子供を護るのは勇、お前たちだぞ」と言った。

幸太郎は連合町会長として早速、回覧板を各町会に回すよう指示を出した。その内容は、各家庭の戸締りを厳重にすること、女性、特に若い女性はアメリカ兵の目にふれないようにすること等、何か条かを記して回したのだった。そして町会長の会合を開き今後の対策を話し合ったのだった。

幸太郎は思った。これから真っ先に求められるのは食料だ。いずれにしても食料を生産しなければと。時はちょうど夏烏賊の時期である。工場は何事もなかったかのように、鯣づくりがなされていた。

配給制度も次第に崩れ、人々は自らの力で食料を調達しなければならなかった。幸太郎の工場にも、食料を買い求める人たちが、統制が全面的には廃止されていないため、裏口からそっと買いにきたのだった。この時代は食料と名の付く物は、何でもすべて売れたのだった。

幸太郎は、統制のはずれた海産物や、農作物、その他を含めて大量の食品を、弁天丸に満載し、山形県の酒田港へたびたび売り込みに行ったのだった。

食料品は売れに売れた。酒田港の仲買人や商人は奪い合うようにして買ったのだった。国民はみな美味しい物には飢えていたのだった。特に幸太郎の工場でつくられた、味付けの熨斗鱈や熨斗烏賊は大評判で、喜ぶ老人や子供を見て、この時ほど食料の仕事にたずさわってきたことを幸福に感じたことはなかったのであった。

弁天丸

戦後昭和二十一、二年頃、誰が言い出したのか余市の資産番付表を制作して、各町内に配布したのだった。

余市の町を東西に二分し、西は主に沢町であり、東は主に大川町である。

西の横綱、大関

東の横綱、大関

とあり、東の大関は黒田幸太郎と書かれていたのである。東西の横綱はそれぞれ、網元の親方である。その時幸太郎は、しみじみと、我が来し方を振り返ったのだった。

十四歳で丁稚小僧に行き、十八歳で大八車で味噌醤油を売り歩き母と弟を養ったのだった。やがて十九歳から二十九歳まで、野田運送店の番頭として勤務、のち大川町に食料品の店を出す。この時、縁もゆかりもない鶴井氏の温情によって大量の食品を購入することができ、一かどの商店主となることができたのだった。その後、鰊の不漁で倒産、六年間の苦闘、再起して鰊加工業と順調に仕事を続け、ついに三十八トンの第二弁天丸の船主になることができ、資産高大関とまで言われ、その上、六人の子供に恵まれ、自分は幸福者だとしみじみ思うのだった。

幸太郎の工場で製造される食品は、実によく売れた。特に味付け熨斗鱈は大好評で、注文に品物が間に合わないほどであった。

鰊漁の方も昔ほどではないが、二十一年、二十二年、二十三年と豊漁で、これらの製品を弁天丸に満載し、酒田港へ売りに何度も行った。この頃になると、無事帰ってきた長男の正男が弁天丸に乗り込み、すべて任されて売りさばいたのであった。

昭和二十四年は、鰊漁は思ったより少漁で、鰊漁のみで生計を立てている業者は大変だった。その点幸太郎は、魚なら何でも加工品にするので一年中工場は稼動していた。

二十五年も何度か、荷を満載して酒田へ航海したが、幸太郎は十月を今年の最後とし、後は船員を休ませたいと思い、船員たちに少しばかりの祝儀をはずんで、休んでもらうことにした。そんなある日、漁師をしている男が幸太郎を訪ねてきた。

よく幸太郎の工場へ魚を売りにくる漁師である。年は五十七、八になるだろうか。

「親方、お願いがあって参りました」

「何ですか成山《なりやま》さん」

「今年はもう航海は終わりだそうですね、どうでしょうか、わたしに一航海だけ船を貸してくださいませんか」と言った。

幸太郎は即座に断った。

「成山さん、それはできませんね」

「そこを何とか一航海だけで結構ですから」と執拗に食い下がるのだった。

本当か嘘か「女房が病気で入院させなきゃあならないのです」とか、「借金がありましてね」などとさらに、「一航海させていただくと、何もかも、うまく行くのです、親方恩にきますから」と頭を下げ続けるのだった。

幸太郎が仕方なくついに、

「成山さん、ところで船員はどうするのです」

と言うと、成山は少しほっとした顔で、

「船員もともに貸してください、給料はわたしが払います」

幸太郎は念を押すように言った。

「成山さん、わたしは気が進まないのですよ、あくまでも慎重にお願いしますよ」

こうして弁天丸を一か月の約束で貸すことにしたのだった。

成山は船に海産物を満載して十一月半ば酒田の港目指して航海に出た。

弁天丸は三本マストで帆を張って航海することもできるが、発動機エンジン機械も備わっているので、重油が燃料である。

成山は船に海産物を満載すると一旦小樽港へ向かった。当時重油は小樽まで行かなければ買えなかったのである。成山は小樽港で重油を満タンにして、酒田を目指したのだった。


それは十二月初めのことだった。幸太郎にとって終生忘れ得ない出来事である。積丹半島の西側の付け根に位置する泊《とまり》村村役場から一通の電報を受け取った。

電文は、「ベンテンマルソウナンスグコラレタシ」というものであった。

幸太郎は強い衝撃のあまり言葉も出ない。

しかし乗組員のことが心配で、泊村役場に電話で問い合わせたところ、乗組員全員は、いち早くゴムボートで避難したため、全員救助されたことを確認したのだった。

幸太郎は直ちに泊村へ向かった。列車で但知安《くっちあん》まで行き、そこから荷馬車を頼み馭車台に同乗して泊村役場に着いた時には夜になり、雪と風が激しくなっていた。役場には明々と電燈がともり当直員が、熱いお茶を入れて、「ご苦労さまです」と言って迎えてくれた。窓の外は吹雪に変わっていた。

幸太郎は、「お世話になりました、ありがとうございました」と言った時、諸々の思いが込み上げてきて、不覚にも思わず涙を流したのだった。

当直員の話によると、弁天丸は嵐の中でなぜかエンジンが止まり、波間に漂うようにしていたが、その後何度も何度も岩場に激突し、最後は座礁した船に容赦なく大波が打ち寄せ、ついに大破したということであった。乗組員たちはエンジンが止まった段階で、すぐにボートを下ろし避難し、その後直ちに各自帰宅したということであった。

幸太郎は、乗組員が全員無事と聞いて、取りあえずほっとした。

その夜は役場の宿直室に泊めてもらったが、まんじりともできなかった。航行中にエンジンが止まったということはどういうことなのか、なぜなのか、幸太郎には見当もつかなかった。

翌朝、夜明けとともに海岸へ出てみた。吹雪は少し収まってはいるものの、まだ粉雪をはらんだ、シベリア下ろしの北風が、日本海から横殴りに吹き付ける。

ふと見ると近くの岩場に二メートルほどの、船の外壁と思われる、わずかに彩色のあとがある板が一枚打ち上げられていた。弁天丸の残骸はこの板一枚だけで、あとは総て海の藻屑と化したのだった。あたりにはただ轟々と波の音のみが響きわたっていた。

幸太郎は声をあげて号泣した。今までの人生がすべて水泡に帰したように思われた。時に昭和二十五年十二月、幸太郎六十一歳の時のことであった。

積丹半島沖は昔から航行の難所といわれ、女人禁制の海だったのである。明治になってやっとその禁が解けたのだった。

かの有名な江差追分の歌詞にあるように、海の男泣かせの海なのである。積丹半島を越えて、忍路、高島まで行きたいが、それは無理なので、せめて半島手前の、歌捨、磯谷までも行きたいものだと、唄わせたのである。

そのような難所であるから、嵐に遭ったら、エンジン全開で一気に波を乗り越えて進まなければならないのに、エンジンが止まったということはどういうことなのか、燃料の重油が無くなったのか、幸太郎は、あれこれ思いめぐらしながら、男の人生も夢もすべて、これで終わったと思ったのだった。

帰宅すると妻の咲が、「お父さん、元気を出してくださいよ、あなたならまた盛り返せますよ」と言った。

長男の正男も、「おやじ、船の一艘ぐらいどうってことないよ、また弁天丸よりでっかい船を買えばいいよ」と言った。この言葉で幸太郎はほっとした。


その後、成山は船を一艘沈めたにもかかわらず挨拶にも来ない。人を迎えにやっても逃げ回っているばかりだった。

機関長や他の乗組員の話によると、弁天丸が出航する時、重油を購入のため小樽港へ行き、たしかに重油のドラム缶を買った。その重油買い入れの交渉をしたのは成山自身で、若い乗組員がそっと見ていたが、その重油はまるで安い値段だったという。その安い理由としては、ドラム缶から地面にこぼれたものをかき集めて安く売るのを商売にしている者がいたということだった。成山はその重油を買い込んだのだった。

機関長の話によると、「親方、成山はひどい男ですよ、貧すれば鈍すってやつですよ、あんな重油を積んだために、行きはよいよい帰りは怖いってやつですよ、もう少しで、あっしらは命を落とすところでしたよ」とさらに、「安い重油はドラム缶の底に砂が溜まっていたんですよ、地面からかき集めたやつですからね、それで積丹半島まで来たとき、エンジンに砂がからんで、ガラガラと空回りするばっかりで前へ進まないのですよ、これはやばいと思って全員に避難するように言ったんです」幸太郎はあまりにひどい話に唖然とした。

この後、幸太郎は成山を告訴し、民事裁判になったが、成山は、裁判所で、「嵐という不可抗力だから仕方がない、弁償を負う義務はない」などと言い張っていたが、裁判所は成山の言い分を認めず、「重油に砂が混入したものを使用したらどうなるかということは事前に想定できたことであり、そのような重油を使用したためにエンジンが止まり航行不能に陥り遭難したことは明らかである。嵐による不可抗力による遭難には当たらない」という判決となり、弁償を言い渡したが、しかし成山にはその能力がない。

その日暮らしの生活を送っている成山に、弁償を求めることを幸太郎は諦めたのだった。

永別

男の夢であった弁天丸を失い、一時は気落ちしていた幸太郎であったが、徐々に気力を取り戻し、いつもの家業に励んでいた。

鰊漁は年々減ってはいるが、それでも広場には、身欠鰊が干され、燻製室には鰊が吊るされて、いい香りが辺り一面に漂っていた。鰊の燻製は美味で評判がよく、よく売れるので、製造が間に合わないほどであった。

鰊が終わると次は鰯の加工である。一夜干し、煮干、大量の時は大鍋で煮て、乾燥して肥料にするのである。この肥料を近隣近在の農家がこぞって買いにくるのである。

肥料は俵に詰められて、タテ一本、二本と数えられる。タテ一本とは二十四貫、九十キロである。この肥料を田んぼに秋の終わりに入れるのである。すると翌年は豊作でおいしい米がとれるというわけである。

〆粕の俵詰め作業

しかし中にはこの肥料を現金で買えない農家もあるわけで、夜そっと訪ねてきて、「親方、肥料を前借りさせてください。来秋米がとれましたら必ず米を届けます」と言うと幸太郎は「ああいいですよ、二本でも三本でも持って行きなさい」と言うのだった。するとお百姓の男は荷馬車に積んで、何度も何度も頭を下げて帰って行くのであった。

毎年のことながら鰯が終わると、次は烏賊漁である。毎日毎日広場には烏賊が干される。

幸太郎には、これといって趣味はないのである。まるで働くことが趣味のような男である。強いて言えば囲碁ぐらいである。酒はたしなまず、一杯の盃で酔い、上機嫌になる。甘党なのである。

また知識欲が旺盛で、大正末期から昭和の始めまでよく早稲田大学の通信講義録や通信教育を受けていたのだった。

その後長男の正男が旧制中学に入った時、中学一年の英語の本を開き、「正男父さんが読んでやるから、よく聞いていなさい」と言って、「アペン、アンドブックス、グッドモーニングサー、ハウユー、ハウドゥユードュ」と読んだのであった。

「父さん、発音がおかしいよ」

「そんなわけないだろう」

その会話を聞いていた妻の咲は、

「お父さんいつの間に、英語が読めるなんて」と、夫をしみじみ尊敬の眼差しで見たのであった。

今六十歳を過ぎても、横文字のわからない言葉があると、長男の正男に教えてもらって、小さな手帳に書き込むのである。

幸太郎の生活は忙しいながらも平穏に過ぎてゆき、長女、次女も結婚して父の元を去って行った。

その頃から日ごろ血圧の高かった咲が倒れ、入退院を繰り返し、家で床に就くことが多くなった。昭和三十一年、咲六十四歳であった。この頃はすでに三女、次男、四女と全員良縁を得て結婚し余市を離れて行った。

幸太郎は六十六歳になっていたが、淋しさをまぎらすように毎日工場へ出かけて行きよく働いた。咲の面倒は同居している長男の嫁がよく献身的に看た。

幸太郎は朝工場へ行く前には必ず咲の枕元へ行き「母さん元気を出しなさい、では行って来るよ」と言った。

咲は奇跡的に回復し家の中を杖を頼りに歩けるまでになったのだった。

昭和三十二年の夏休みに入ると、地方で暮らしている息子や娘たちが、それぞれ孫を連れて余市へやって来る。孫たちはみな学校があるので、夏休みだけ一年に一度やって来る。一年ぶりに見る孫はみな大きくなって驚くほど成長している。

息子夫婦や娘夫婦、そしてその子、つまり孫たちで家の中は祭りのような賑やかさである。特に食事時になると大変な騒ぎである。このような様子を、幸太郎も咲も、嬉しくて仕方がないというような笑顔で眺めていた。

長男の正男夫婦は、実家を背負っているという自負から、ひと夏の出費にこだわることなく接待した。

毎年咲にとっては一番楽しい季節なのである。しかし楽しい時は、そう長くは続かない。

やがて夏休みが終わると、口々に「お母さんお元気で、また来年きます」「おばあちゃんお元気で、また来年ね」と子供たちも孫たちも潮が引いたように帰ってしまう。みんながいなくなった家の中ほど淋しいものはない。

昭和三十二年十月十九日、青空が抜けるように美しい秋晴れの日であった。寝室の蒲団の上に座っている咲に幸太郎が、「お母さん、では行ってきますよ」と言うと咲は少し言語障害の残る言葉で、「お父さん、行ってらっしゃい」と言った。これが幸太郎と咲が今生で交わした最後の言葉となったのだった。

この日は正男の子供たち三人の小学校の運動会で、夫婦も出かけて留守であった。正男はPTAの会長だったので朝から学校へ行っていた。

正男の嫁が出かける時咲は部屋の椅子に腰をかけて外を見ていた。嫁が「お母さんでは行ってきますから、気をつけて静かにしていてくださいね」と言うと「大丈夫ですよ、行ってらっしゃい」と言った。それからどのくらい経ったのだろうか、咲は体の変調を感じた。命の終焉を迎えようとしている自分を知ったのだった。

咲は椅子から転がるようにして畳に下りると、そのまま寝床まで這って行き、枕元に阿弥陀経を置き、両手を胸の上で組み、その手には数珠が握られていた。

遠くの方で誰かが呼んでいる。

「お咲、お咲、お母さん、お母さん」あれは幸太郎の声か。

「お袋、お袋、」あれは正男の声か。

「お母さん、お母さん、お母さん」あれは嫁の声か。

「おばあちゃん、おばあちゃん」孫の声もする。

その呼び声がだんだん近づいて大きくなる。

咲は、はっとして気がついた。

みんないっせいに「あっ気がついた、よかった、よかった」と言った。医者が注射をした。嫁がりんごの絞り汁を口に流し入れた。

その後、咲はふたたび昏々と深い眠りに落ちた。また誰かがわたしを呼んでいる。

何度かこの状態を繰り返した、その間に地方で暮らしている子供たちはみな枕元に集まり、母の死という、最も悲しく、辛い現実と向き合ったのだった。

時に昭和三十二年十月二十三日、咲六十五歳であった。その顔は穏やかで美しかった。

葬儀は晴天に恵まれ、盛大に行われた。余市始まって以来の盛大さと言われた。

幸太郎は心に大きな穴が空いたように感じ、何をする気にもならなかった。咲のいない人生など考えられなかった。辛い時、苦しい時、いつも支えてくれた妻、咲がいたから今日までやってこられたのだと、今しみじみ思うのだった。

幸太郎は幾晩も骨箱を抱いて寝た、そして声を忍ばせて泣いた。幸太郎は六十七歳になっていた。幸太郎の虚脱状態はしばらく続いたのだった。

そんな父親を見て正男夫婦は心配した。「おやじ大丈夫かな、このままだと病気になってしまうんじゃないかな」すると嫁が「お父さんに仕事をしてもらった方が気がまぎれていいと思うんですよ」「そうだな、そろそろ冬の鱈漁の時期になるから、また工場で采配をふるってもらわないと」

今はもう十二月、雪も降り始めている。いつまでも商売を休んでいるわけにはいかないのである。工場には常時十数人の使用人を抱えているので仕事があってもなくても給金は払わなければならない。幸太郎にも充分そのことはわかっているのである。

ある朝、幸太郎が正男に「正男わたしは明日から工場へ行くよ」と言った。

幸太郎は淋しさを忘れるように働いた。毎日のように大鱈が、そしてすけそう鱈も工場に運び込まれた。すけそう鱈は普通の鱈にくらべて小さく、長さは三、四十センチほどで、この魚も内臓を取り出し塩をして、寒風の中で乾燥させる。これがまた美味なのである。

こうして幸太郎は季節季節の魚を加工し、仕事を続けた。

年々魚の漁獲量は減ってはいるが、一年中工場は休むことなく仕事を続けていた。しかし近年すべての魚の漁が極端に減り、工場に加工用として運び込まれることも少なくなってきていた。第一、町民の食卓に上る量すら足りなくて、他の漁師町から買わなければならないという状態なのである。

やむなく幸太郎は昭和三十八年をもって工場を閉じることを決意する。幸太郎七十四歳になり、病いがちな日々を過ごすようになっていた。

追憶

幸太郎は朝食が終わると自室に入り、その日の朝刊を隅から隅まで目を通し、いつもの癖で大事なことや、新しく知り得た知識を小さな手帳に書き込むのである。

あとは、日がな一日なすこともなく、床に横たわり、過去の思い出を辿る毎日だった。


そういえばしばらく会わないが、弟の幸一はどうしているだろうか、自分より十六歳違いだから、幸一ももう六十歳近くなっているはずだ。

そういえば母繁乃が死んだ時、三十四歳で葬式に来ていたっけ、一等航海士の免許を取って外国航路の船に乗っていると言っていたっけ、その後一度立派な航海士の制服を着て、訪ねて来たことがあったな、などと取り留めもないことを思い出す毎日だった。

またある日は小三郎のことを思い出していた。小三郎兄さんは亡くなってもう十年にもなるな。母の繁乃に頼んで養子縁組をしてもらったが、いつも放浪癖があって、繁乃に叱られていたっけ。

昭和十四年繁乃が死んだ時、小三郎兄に知らせようにも、居所がわからずとうとう連絡がつかなかったな、そしてその翌年の十五年にひょっこりやって来て、母繁乃が死んだといったら、おいおい、おいおいといつまでも泣いていたっけ、その時は高島村で漁師をしていると言っていたっけ。

それからは一年に一度は余市の幸太郎の家を訪ねて来ていたのだった。幸太郎より七歳上だから、昭和十五年当時、幸太郎五十一歳、小三郎は五十八歳だった。戦争中にもかかわらず小三郎は赤いケットーを着て、ゴム長ぐつを履き、肩に担いだ籠に、闇の砂糖や、菓子を入れて幸太郎の子供たちのところへ運んで来ていたのだった。

小三郎は一度だけ、女房と一人娘を連れて、幸太郎のところへやって来たことがあった。あれは昭和十七、八年頃だったろうか、青森で働いている時知り合ったというハナという、東北のなかなかの美人で、その上気配りのいい利口者だった。飯場で働いているハナを見初めて一緒になったと小三郎は言っていた。また娘のキヨも母に似て利口者だった。

その小三郎兄も十年ほど前に亡くなったと知らせがあったが、その時はすでに家族だけで野辺の送りを済ませたとのことだった。

ある日はまたサダのことを思い出すこともあった。サダも捨て子で、さまよっているのを繁乃が哀れに思って育てていたのだった。サダも幸太郎より六歳上だった。幸太郎は一人っ子なので、幸太郎の遊び相手にということだった。

繁乃のところへ来た時には十二歳と言っていたが、このサダも十六、七歳になった時急にいなくなり、五、六年経ってひょっこり戻ってきて結婚したいから養女にしてくれと言っていたが、繁乃は気持ちよく養女にして籍に入れてやったのだった。

しばらくすると、サダは石山という頑強そうな男を連れて繁乃のところへ挨拶にやって来た。人の良さそうな、無口な男で、仕事は樵《きこり》だった。繁乃のことを「おっ母さん、おっ母さん」と呼んでいた。

石山とサダの間には子供はなかった。サダは幸太郎の仕事場でずっと働いていた。そして女の子をもらい受けて親子三人幸福に暮らしていた。

その子が十二歳、小学校六年生になった時、父親が大木の下敷きになり命を落としたのだった。あれは二・二六事件の時だから昭和十一年の冬だった。

時として神は非情である、庶民のささやかな幸福を奪ってしまうのである。酒が唯一の楽しみで毎晩二合と決めていた。酒の酌を娘にしてもらうのが何より嬉しいというのが口癖だったが、非運な男だった。

その後数年サダは幸太郎のもとで働き、母と娘はひっそりと肩を寄せ合って暮らしていた。幸太郎とサダは戸籍上では義理の姉弟になるわけで、サダは結婚してからは、実家に当たる繁乃の側に住み続け、「おっ母さん、おっ母さん」とよく繁乃になついていた。咲は幸太郎に内緒でよく米などを届けていたようであった。

その後戦争が激しくなった昭和十七年頃、母娘住み込みで働くことができるということで小樽の小学校の用務員として余市を去って行った。そのサダも五年ほど前、養女から便りがあり、サダが死亡し、娘だけで弔いを済ませたと知らせてきていた。

このようにして幸太郎の縁に関わる人たちが、次々と亡くなり、今昭和四十五年、八十歳を過ぎて幸太郎はしみじみと思った。「わたしは長く生き過ぎた」と。

親戚、縁者を見ても、友人を見てもわたしより高齢者はいない、毎日なすこともなく、ただ、ただ徒食していることが、幸太郎にとっては心苦しかったのだった。よく若い頃から子供たちに「働かざる者食うべからず」と言うのが、幸太郎の信条だったのであった。

昭和三十八年、加工業に終止符を打ち隠退してからは、この数年の幸太郎の唯一の楽しみは地方で暮らしている子供たちが、夏休みに孫を連れて帰省することである。そのことのために一年間頑張って生きているといっても過言ではないような気さえするのだった。だが楽しい時間はあっという間に終わってしまう。潮が引いたように帰っていった後の淋しさは堪えがたいものがある。またこれであと一年待たなければならない。その一年が長く長く感じられるのだった。

特にこの一、二年は体がすっかり弱り、トイレに行くのもやっとだった。嫁が「お父さん、便器を使用してください」と言ったが、幸太郎はそんな無様なことはしたくないと思い、拒み続けてきたのだった。

昭和四十六年に入ると一層体が弱り、食欲もなく、ただ夜となく昼となく引き込まれるように睡魔に襲われるのだった。目覚めるとなぜか頭だけが冴えているのだった。

ああ、もうすぐ八月がやって来る。子供たちが孫たちがやって来る。賑やかになるな。孫はいったい全部で何人なんだ、内孫も含めて十四人かなどと、一人一人の名前を思い出していた。トイレに立つのは一苦労であったが、それでも幸太郎は壁を伝わり歩き、用を足したのだった。

幸太郎はなぜか子供や孫の顔を見るのは今年が最後になると感じていた。

標の跡

待ちに待った夏休みはやって来た。

一年ぶりに見る孫たちは驚くほど成長していた。泣く子、笑う子、喧嘩する子、食事の時は大変である。幸太郎は何を見ても、嬉しくて楽しくて仕方がなかった。この日のために頑張って生きてきたようなものだから。

やがて八月も半ば過ぎになり、孫たちは、三々五々帰り始めた。幸太郎はよろめく足を踏みしめながら、外まで子供たち夫婦と孫を見送りに出るのだった。

最後の帰宅組を外まで見送り、「体に気をつけてな、子供たちを交通事故に遭わせないよう注意するのだよ」と言ってその痩せ細った手をいつまでも振り続けるのだった。みんなが帰った後は、これですべてが終わったという思いがした。もう体力も気力も何もかも使い果たしたように感じた。

幸太郎は明け方から夢を見ていた。

幼い頃の夢である。

大好きだった父幸造の膝に抱かれて頬ずりされ、髭の痛みさえ感じたのだった。

幸太郎は「ああ夢だったのか」とつぶやいた。ふたたび眠りに落ちていった。

繁乃が呼んでいる。

「坊おいで、こっちだよ」追いかけていくと母の繁乃は遠くから、「幸太郎、こっちだよ」と呼んでいる。

すると繁乃の後にいるもう一人の中年の女性が幸太郎に向かって手招きをしている。その顔は定かにはわからない。

だが「坊、こっちへ来ておくれ、お願いだ」と呼んでいる。

幸太郎はなおも昏々と眠り続け、そして夢を見続けた。

夢の中で雪は深々と降り続けている。

幸太郎は夢から覚め、朝を迎えていた。やっと寝床の上に正座して、今見た夢を辿った。

母繁乃の後で、「坊、こっちへ来ておくれ、お願いだ」と言った人は、生みの親か、今まで一度もこんな夢を見たことがなかったのに、と思った。

なぜか幸太郎の頬には涙が止めどなく流れた。やがて幸太郎はまた睡魔に襲われ寝床に横たわると、夢の世界へと落ちていった。


雪はどんよりとした空から舞い降りてくる。夢の中の世界は雪が降り積もり、降り積もって、白一色の景色となる。

やがて雪がやんで新雪がキラキラと陽の光に輝いている。

さらに夢は続く。

新雪の上を樏《かんじき》を履いて一人の男がさくさくと歩いている。

男の懐に抱かれているのは、幸太郎、自分自身である。

男は時々懐をのぞき見ながら、なおもさくさくと歩き続ける。

樏の足跡がどこまでも続いている。遠くの方で誰かが自分を呼んでいる。

「おやじ、おやじ、父さん、父さん」

あれは正男の声か、

「お父さん、お父さん、目を開けてください」

あれは嫁の声か、
幸太郎は一度目覚めたが、すぐに睡魔が襲ってきて、ふたたび昏々と深い眠りに落ちていった。

遠くの方でまたまた家族がわたしを呼んでいる。もうわたしを呼び戻さないでほしい。

わたしは、いつも全力投球で人生を生きてきて、いまは何も思い残すことはないのだよ、
だからこのまま父のもとへ、母繁乃のもとへ、そして苦楽をともにしたお咲のもとへ行かせてほしいのだ。

もしかしたら、今生で会うことが叶わなかった生みの母とも会えるかもしれないな。

わたしだって生みの母に会いたいと何度思ったことか。

しかしそれはできなかった。

育ての親に悪いからな。

あ、また雪が降ってきた。雪が降ってくる、降ってくる。

何て温かい雪なんだ。

そうだ、この温かい雪に抱かれて、わたしは、永遠に眠りたい。休ませてほしいのだ。

もう呼ばないでくれ。

ありがとう、みんなありがとう。
閉じた瞼から涙が一筋流れた。
そしてその瞼は二度と開くことはなかった。
その顔は古武士のように威厳に満ちていた。

時に昭和四十六年八月三十日、
午前十一時十五分、
黒田幸太郎八十二歳、波乱の生涯であった。

合掌

あとがき

曼荼羅とは、仏教用語ではあるが、その曼荼羅の中に秘蔵される真意とは壮大なる宇宙観即ち真理であり、哲学であると理解します。

人間もまた、各自その頭脳の中に浩大なる宇宙観つまり曼荼羅を有していると考えることができます。

人間社会における、信念、信頼、善悪、喜怒哀楽、諸々の煩悩等、これらを各自のもつ曼荼羅力によって、どのように律して自らを高めてゆくかということで、その人間の生き方がきまると思うのです。

今回、黒田幸太郎という一人の男性を通して、人間のもつ強さや弱さと信念、そして襲い来る逆境に立ち向かって行く男の凄まじいまでの闘いの人生を表現してみたかったのです。

また、今は幻となった鰊漁風景等も書き残しておきたいと考えた次第です。
黒田幸太郎は、私の父がモデルでして、事実に基づいて小説化したものです。父の人生を客観的に見たとき、そこには男の美学を感ずるのは、我田引水というものでしょうか。

平成十九年十月吉日　　藤原としえ

藤原としえ

1925年、北海道余市町生まれ。北海道立余市高等女学校卒業後、訓導として余市町国民学校に奉職。

1948年、結婚のため退職し上京、現在に至る。

1972年、古代史を学ぶ「娑羅《さら》の会」を設立、会長として活動中。

著書『藤原氏姓の一考察 藤原氏はサカ族である』(私家版、1992)、『抹殺された古代出雲王朝』(三一書房、1998)
論文「サカ族渡来」(「古代文化を考える」東アジアの古代文化を考える会、1994年第30号江上波夫先生米寿記念論文集)
記事掲載「中臣(藤原氏)はスキタイのサカ族出身か」(「歴史Ｅｙｅ」日本文芸社、平成5年11月号)、「契丹古伝は高天原を満州、蒙古西域に」(同平成6年10月号)

雪曼陀羅《ゆきまんだら》

2008年6月30日　初版発行

著　　者　藤原としえ
装　　幀　宇佐美慶洋
写真提供　余市水産博物館

発 行 者　高橋　秀和
発 行 所　今日《こんにち》の話題社《わだいしゃ》
東京都品川区上大崎 2-13-35　ニューフジビル 2F
TEL 03-3442-9205　FAX 03-3444-9439

用　　紙　富士川洋紙店
印　　刷　互恵印刷
製　　本　難波製本

ISBN978-4-87565-586-2　C0093